Clarissa

Caroline Juskus

Das geheime Rätsel

Mit Illustrationen von Kate Leake
Aus dem Englischen von Antje Kuhlmeier

arsEdition

Für die gigantastischen Juskus-Jungs, die mich vor allen schuppigen Dingen auf dieser Erde beschützen.

5 4 3 2 1 12 11 10 09

Titel der Originalausgabe: „Minnie Piper Undercover Puzzler“
Die Originalausgabe ist 2006 im Verlag Stripes Publishing, London, erschienen.

Text: Caroline Juskus
Titelbild und Innenillustration: Kate Leake
Übersetzung: Antje Kuhlmeier
Satz: Janina Michna, München
ISBN: 978-3-7607-4140-6

www.arsedition.de

lesen & rätseln

Immer wenn du diesen Stift siehst,
kannst du unserer Minnie helfen,
das Rätsel zu lösen.
Viel Spaß!

Caroline Juskus

Das geheime Rätsel

Mein Name ist Minnie.

Ich schreibe gern Gedichte und bin eine UNDERCOVER-Rätselexpertin.

Hausaufgaben mag ich gar nicht. Aber meine Mutter sagt immer: „SAG NIEMALS NIE“, und ausnahmsweise hat sie recht.

Denn Mr Impey, unser neuer Lehrer, hat uns die *interessantesten* Hausaufgaben gegeben, die ich je hatte.

Das ist fast ein **Wunder**, denn Hausaufgaben und ich sind wie Rice Crispies und Ketchup – eine ganz schlechte Kombination!

Hier sind meine Hausaufgaben:

Jrtuöovjrm hö+vleimdvj. ert
fi sivj nodz- fi nodz
dvjösi imf jsdz frm vpfr
hrlmsvlz- sig frt ijt mrnrm frt
zsgrö öorhz romr ueroyügimfy,+mur-
jpö dor fot- dor odz
from hrjro,shrmzrmyütrod-

Das ist eine SUPERGEHEIME VERSCHLÜSSELTE BOTSCHAFT! Und der Erste, der den Code knackt, bekommt einen Preis!

Es ist unglaublich, aber ich habe tatsächlich zum ersten Mal Hausaufgaben, die mir Spaß machen! Und da ich eine heimliche Rätseldetektivin bin, kann ich diesmal vielleicht Superhirn Jenny schlagen, das schlaueste Mädchen des Universums (und unserer Klasse). Ich kann es kaum erwarten, mit dem Entschlüsseln der Botschaft anzufangen ... SOFORT! Nicht in einer Minute oder einer Stunde oder morgen, sondern JETZT! Jetzt gleich! Doch leider gibt es ein großes Problem, das mich vom Rätsellösen abhält, und es hat mit einer sehr kleinen Person zu tun ... meiner Cousine Lissi-der-Klette!

Dienstag nach der Schule

Lissi-die-Klette

Lissi erzählt jedem, sie wäre fünf und ein Dreivierteljahr alt, was eigentlich bedeutet, dass sie einfach fünf ist. Und da ich schon zehn bin (und elf Zwölftel), finde ich es nicht wirklich cool, einen winselnden Knirps von Cousine zu haben, der wie ein Schatten an mir klebt. Und genau das tut sie. Sie haftet an mir wie ein MAGNET an einem Kühlschrank, und jedes Mal, wenn ich sie abgelöst habe, ploppt sie wieder zurück.

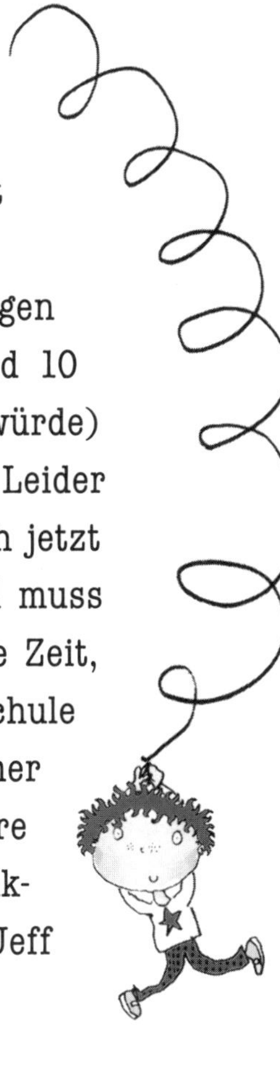

Früher habe ich sie nur zu Geburtstagen gesehen, aber seit 17 Tagen, 5 Stunden und 10 Minuten (nicht dass ich die Minuten zählen würde) wohnt sie in der Arthurstraße Nummer 1. Leider wohne ich in Nummer 2, und damit lebe ich jetzt nur ein Haus entfernt von einer Klette und muss sie andauernd sehen. Sie jammert die ganze Zeit, dass sie ihre alte Wohnung und ihre alte Schule und ihre alten Freunde und ihr altes Zimmer vermisst. Aber am meisten vermisst sie ihre Mutter, Tante Valerie, denn die ist nach Frankreich gegangen und hat Lissi bei Onkel Jeff gelassen.

Lissi tut mir ein ganz kleines bisschen leid, aber *noch mehr* tue ich *mir selber* leid, denn Onkel Jeff muss immer lange arbeiten, und deshalb bin ich die Chef-Babysitterin. Tatsächlich ist es zum Haareausreißen, denn ich passe jetzt schon den achten quälenden Abend nacheinander auf Lissi auf ... obwohl ich eigentlich einen Code knacken sollte!

☆ ☆

Gerade zappelt Lissi auf unserem **rosa** Sofa herum. Sie hat die Beine auf die Lehne gelegt und hängt mit dem Kopf nach unten. Mir geht das fürchterlich auf die Nerven, doch dann probiere ich es auch. Und tatsächlich, das Fernsehprogramm ist gleich viel interessanter.

Lissi kichert, als ich ihr das erzähle. „Ich liebe euer **rosa** Sofa“, sagt sie, „weil ich einfach alles liebe, was **rosa** ist. Eure Wohnung ist so bunt wie ein **Regenbogen**.“

Das stimmt, denn Mums Spezialität ist es, Dads verrückte Möbelentwürfe in den knalligsten Farben zu streichen. Da ist zum Beispiel die quietschgelbe Kommode: Sie hat keine Griffe und lässt sich deshalb auch nicht öffnen, aber man kann wunderbar den Fernseher draufstellen. Oder der schwingende Esstisch, der in einer Ecke des Esszimmers an vier langen Seilen aufgehängt ist: Mum hat ihn orange gestrichen, mit pinken Punkten an den Stellen, wo die Teller hingehören. Wenn man am Tisch sitzt und die Ellbogen aufstützt, schwingt der Tisch mit dem Essen davon.

Dad sagt, der Tisch bringt einem gute Manieren bei, denn alle Kinder sollten lernen, beim Essen nicht die Ellbogen aufzustützen.

Lissi und ich hängen immer noch verkehrt herum auf dem Sofa und versuchen, ein Kulturprogramm im Fernsehen zu verfolgen. Der Moderator bastelt gerade ein großes Bild eines Fußballers aus Fußballsocken und -shirts. Lissi beginnt sich zu langweilen. „Fußball ist nicht mein Ding", schnieft sie.

„Hier geht's nicht um Fußball, Lissi", antworte ich, „sondern um ein Bild, und es ist nur zufällig von einem Fußballer."

„Fußballbilder sind nicht mein Ding", schnieft Lissi. „Vor allem nicht die Fußballbilder von Wayne Parker in meinem schrecklichen Zimmer. Es ist einfach nicht fair. Dad hat mir versprochen, das Zimmer rosa zu streichen, aber er hat ja nie Zeit."

Das ist ungelogen die reine Wahrheit, und ausnahmsweise bin ich auf Lissis Seite, denn sie schläft in einem komplett blau gestrichenen Fußballzimmer. Es sieht noch genauso aus, wie Wayne Parker es hinterlassen hat. Auf den Wänden und den Gardinen steht „CHELSEA FC über alles“, und zum millionsten Mal wünsche ich mir, Onkel Jeff müsste nicht immer so lange arbeiten und hätte Zeit, Lissis Zimmer zu streichen. Dann würde Lissi vielleicht nicht mehr so viel jammern und ich müsste nicht dauernd babysitten und könnte stattdessen an dem Geheimcode arbeiten. Und – was noch wichtiger ist – ich könnte mehr Zeit mit Frankie Minelli verbringen, meiner allerbesten Freundin.

Aber das erzähle ich Lissi nicht. Sie hat inzwischen genug von den Fußballbildern und stampft in MEINEN **besten** Stiefeln davon, um Mum in der Küche zu helfen.

Dad kommt herein und ich sage: „Lissi geht mir echt auf die NERVEN.“ Und bevor ich überlegen kann, kommen plötzlich noch mehr Worte heraus – vielleicht weil ich über Kopf hänge: „Frankie behauptet, Tante Valerie muss schrecklich sein, weil sie nach Frankreich gegangen ist und Lissi hiergelassen hat, und die Franzosen essen nichts außer Schnecken und Froschschenkeln.“

Dad sieht für einen Moment ungewöhnlich ernst aus,

dann sagt er: „Tante Valerie ist nicht schrecklich. Es ist eben manchmal nicht einfach, erwachsen zu sein. Besonders wenn man sehr wenig Geld hat.“

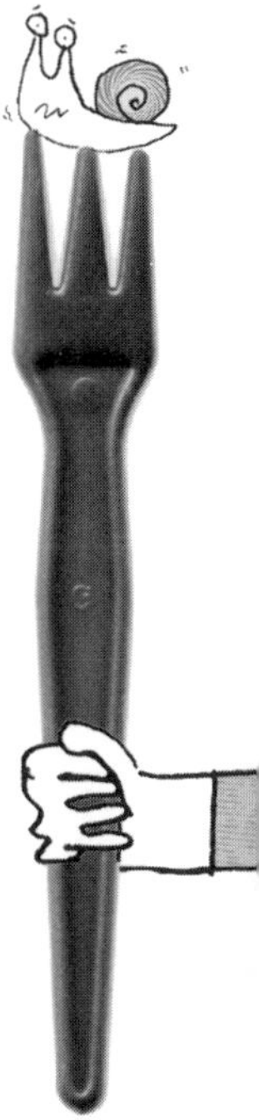

„Aber was ist mit den Schnecken?“

Dad grinst. „Schnecken sind köstlich, vor allem mit Knoblauch. Da fällt mir was ein: Wie nennt man eine Schnecke ohne Schutzhelm?“

Ich weigere mich zu antworten, aber er sagt es mir trotzdem. „Eine Nacktschnecke natürlich!“ Und es geht gleich weiter: „Was ist der Unterschied zwischen einer Schnecke und einem Dauerlutscher?“

Doch da kommt zum Glück Mum. „Essen!“, ruft sie und schiebt meinen einjährigen Bruder Nick in seinem mit Tigerstreifen bemalten Hochstuhl herein.

„Einen Dauerlutscher kann man nicht kauen!“, kichert Dad.

Tut mir leid, mir ist übel. Wenn nicht von Dads schlechten Witzen oder dem Anblick von Mums supergesundem Essen (Nussbratlinge mit Käselinsen), dann von dem magenumdrehend-ekligen Gedanken, auf einer Schnecke mit Knoblauch herumzukauen.

Lissi sitzt neben mir und starrt auf ihren Teller, und aus lauter Frust über das gesunde Essen stützt sie die Ellbogen auf den Tisch, obwohl brave Kinder das nie tun sollten. Der Tisch schwingt mit ihrem Teller nach vorn, und Lissi rutscht ab und landet um ein Haar mit dem

Gesicht im Essen. Dad lacht, aber mir wäre beinahe mein Essen auf dem Schoß gelandet, was meine Laune nicht gerade verbessert.

Lissi schnieft: „Käselinsen sind nicht mein Ding."

Nick-die-Kaulquappe scheint ebenfalls keine Käselinsen zu mögen, denn er zappelt herum und spuckt sie so schnell aus, wie Mum sie in seinen Mund schaufeln kann.

Inzwischen hat der Tisch aufgehört zu schwingen und ich sage missmutig zu Lissi: „NIEMAND mag IRGENDWELCHE Linsen, mit Käse oder ohne. Aber Linsen haben jedenfalls mehr Ballaststoffe als Schnecken, die deine Mum wahrscheinlich isst, weil alle in Frankreich Schnecken essen."

„Minnie!", sagen Mum und Dad gleichzeitig.

Ich weiß, dass ich etwas Falsches gesagt habe, also füge ich hinzu: „Komischerweise sind Schnecken köstlich, Lissi – besonders mit Knoblauch. Also solltest du nicht traurig sein, sondern froh."

Aber Lissi schluchzt und Dad geht mit mir auf mein Zimmer und sagt: „DU würdest auch weinen, wenn deine Mutter in Frankreich wäre. Wir müssen uns anstrengen und uns gegenseitig helfen."

Ich will gerade sagen, dass Lissi in der Tat anstrengend ist – und zwar SEHR ANSTRENGEND!, aber Dad hält mir einen Vortrag: „Es ist eine schwierige Zeit für Lissi mit dem neuen Zuhause und der neuen Schule.

Und Onkel Jeff macht sich Sorgen, weil sie ihre Mutter vermisst.“

Jetzt habe ich ein schlechtes Gewissen und verspreche, netter zu Lissi zu sein. Dad sagt, ich darf wieder an den Tisch kommen und meine Linsen essen, und ich frage mich, ob das wirklich eine Belohnung ist für jemanden, der versucht, sein Bestes zu geben.

Und hier ist mein Ich-will-netter-zu-Lissi-sein-Plan: Ich erlaube ihr, mir nach dem Essen ihren Wackelzahn zu zeigen. Danach spielen wir mit Wanda, meinem verrückten wuscheligen Jack-Russell-Terrier. Als Mum uns vorschlägt, mit Wanda rauszugehen, lasse ich netterweise Lissi die Leine halten, während wir Pläne für ihr neues Zimmer schmieden.

Lissi möchte ein Prinzessinnenbett mit **rosa** Eiderdaunen (für alle, die keine Prinzessinnen sind: damit ist eine Bettdecke gemeint), und auch sonst soll alles **rosa** sein, was man sich nur vorstellen kann, sogar der Teppich unter dem Bett und die Innenseiten des Schrankes.

Ich finde, lila wäre besser, mit violetten Wänden und einem lila Teppich und einem roten Betthimmel, der prinzessinnenmäßig zu beiden Seiten des Bettes herunterhängt und von einer schimmernden Krone gehalten wird.

„Lila ist nicht mein Ding“, schnieft Lissi unbeeindruckt.

„Na gut“, seufze ich. „Wenn wir nach Hause kommen, kann ich mir bestimmt etwas Besseres ausdenken.“

Aber als ich zu Hause meine Stiefel ausziehe und mich auf das **rosa** Sofa mit den **rosa** gepunkteten Kissen fallen lasse, kann ich nur noch an **Rosa** denken.

Dann spielen wir *Galgenmännchen*, und Lissi hängt

mich an den Galgen, weil sie nicht buchstabieren kann und das Spiel nicht versteht. Danach versuchen wir es mit „Ich sehe was, was du nicht siehst", bis ENDLICH Onkel Jeff kommt und mich rettet.

Er keucht, weil er die Treppe zu unserer Wohnung hochgelaufen ist und nicht besonders sportlich ist, obwohl er immer eine Jogginghose trägt. Dafür macht er definitiv bessere Witze als Dad. Er grinst uns mit rundem, rotem Gesicht an und kichert: „Tut mir leid, dass ich spät dran bin, aber ich hätte noch später kommen können, also bin ich theoretisch früh dran ... wie geht's meiner kleinen Polka-Lissi?" (Er nennt Lissi immer „Polka-Lissi", weil Polka ein Tanz ist und Lissi gern eine Tänzerin wäre.)

„Ganz okay", schnieft Lissi, während er sie herumwirbelt wie ein wild gewordenes Zirkuspony. Dann verbeugen sich beide höflich und stapfen zur Tür hinaus, und Lissi ruft: „Tschüs, Minnie, bis morgen!"

„Tschüs", seufze ich mit einem Blick auf die Uhr. Es ist fast neun, und Mum sagt, es ist Zeit, ins Bett zu gehen. Ich schaffe es gerade noch, Frankie anzurufen und mich zu

beschweren, dass Lissi gerade erst gegangen ist und mir den ganzen Abend gestohlen hat.

„Für jemanden, der so winzig ist, ist sie wirklich eine riesige Nervensäge“, sagt Frankie.

„Gigantomatisch“, grummele ich zustimmend. Aber viel mehr kann ich nicht sagen, denn Mum steht neben mir und tippt auf ihre Uhr. Ich kann Frankie gerade noch fragen, ob sie den Code geknackt hat.

Frankie lacht und sagt: „Keine Chance, Pudel-Nudel!“

Und mit dieser guten Nachricht gehe ich ins Bett.

Dienstagnacht

Unter Wasser

Natürlich hätte ich sofort schlafen gehen sollen. Aber es passiert nicht oft, dass ich Hausaufgaben bekomme, die mir Spaß machen, geschweige denn welche, für die es einen Preis gibt. Deshalb riskiere ich es, heimlich länger aufzubleiben. Ich tue so, als wäre ich ein Spion in geheimer Mission, bis ...

„Minnie, bist du schon im Bett?"

... ich mal wieder unterbrochen werde.

„Ja Mum, ich bin total im Bett." Und das ist die Wahrheit, denn ich bin im Bett. Allerdings nicht in meinem grässlichen alten Tigger-Nachthemd, das mir viel zu klein ist, weil es für Sieben- bis Achtjährige ist, während ich schon zehn bin, fast elf, was Mum aber anscheinend noch nicht kapiert hat. Ich trage auch nicht meinen Prinzessinnen-Schlafanzug, denn das **Gummiband** ist kaputt, und wenn ich *aufstehe*, fällt die Hose *runter* und ich muss sie im letzten Moment festhalten.

Ich bin also schon im Bett, aber noch nicht bettfertig. Ich trage immer noch die „wilde Raupe“ (das ist meine gestreifte Strumpfhose in verschiedenen Lilatönen), einen Jeansrock und ein T-Shirt, das ich verkehrt herum angezogen habe, damit niemand den Schriftzug „Ich bin süß“ sehen kann. Ich habe einfach nicht die Zeit, meine Kleider auszuziehen, denn ich muss die verschlüsselte Botschaft im Schein meines grün leuchtenden Marsmännchen-Stiftes lesen:

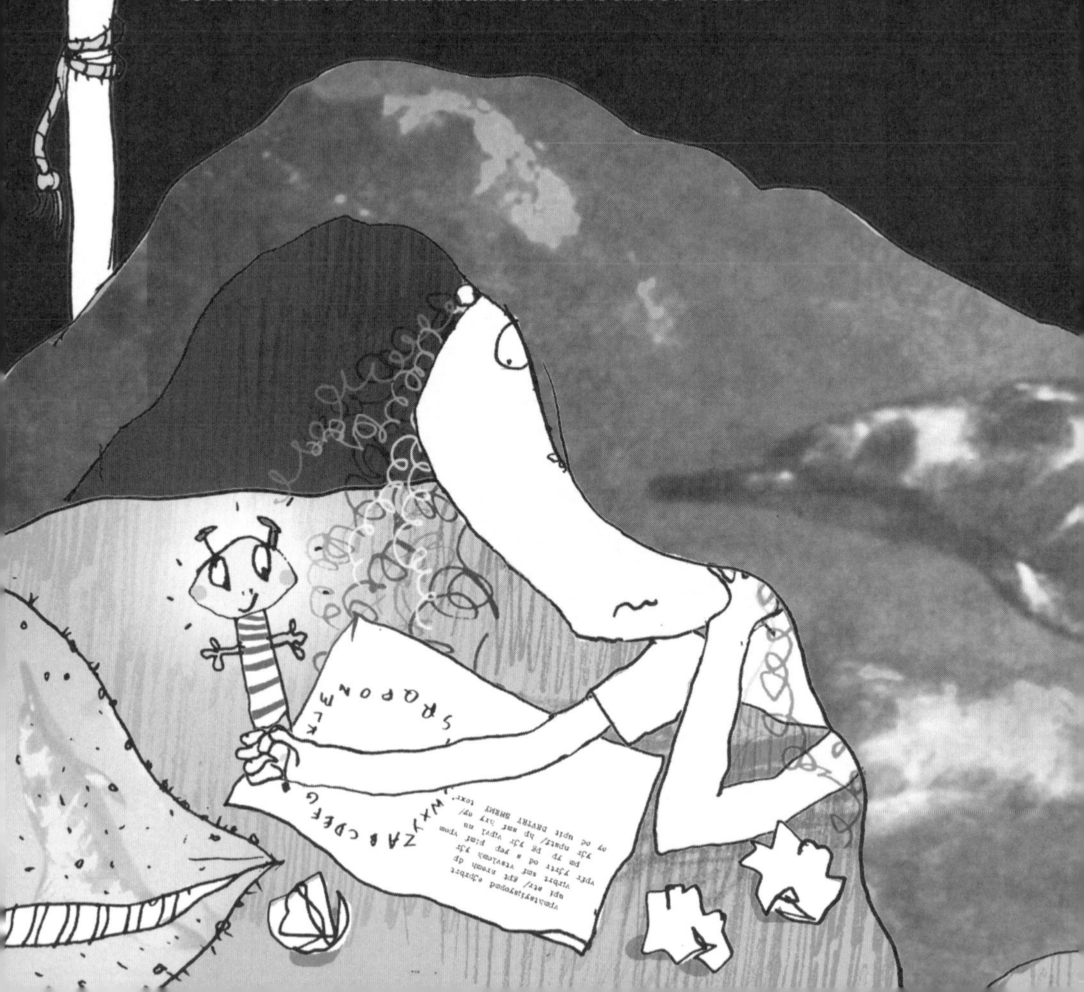

Jrtuöövjrm hö+vleimdvj. ert
fi sivj nodz- fi nodz
dvjösi imf jsdz frm vpfr
hrlmsvlz- sig frt ijt mrnrm frt
zsgrö öorhz romr ueroyügimfy,+mur-
jpö dor fot- dor odz
from hrjro,shrmzrmyütrod-

Es sieht ein bisschen kompliziert aus, aber ich weiß zufällig eine Menge über Codes. Denn wenn Mum arbeitet, gehe ich meistens zu meiner Oma und helfe ihr mit dem „Rätsel-Magazin“. Das ist eine Zeitschrift für Leute, die Rätsel lieber mögen als Comics. Bei mir ist es so, dass ich Rätsel UND Comics mag. Omas Rätsel-Magazin ist jedenfalls voll von Kreuzworträtseln, Wortsuchspielen, Bildern, bei

denen man die Unterschiede finden muss, und verschlüsselten Botschaften. Dadurch habe ich eine Menge über Codes gelernt und kann es kaum erwarten, mit meinem anzufangen.

Doch jetzt ruft Dad: „Bist du im Bett, Minnie?“

„Ja, Dad.“

„Bist du auch wirklich schon unter die Decke getaucht?“

„Ja, Dad, das bin ich!“

Und ich bin TATSÄCHLICH untergetaucht, denn ich befinde mich unter der Bettdecke in meinem Unterwasser-Zimmer, das (wie alles in unserer Wohnung) von Mum bemalt wurde. An den Wänden sieht man schwimmende Delfine, der Boden ist mit Seesternen und Korallen bedeckt und in einer Ecke versteckt sich sogar ein Oktopus.

Mein Bett ist einer von Dads Entwürfen. Es besteht aus zusammengebundenen Stangen und sieht aus wie ein schwimmendes Floß. Auch auf der Bettdecke, unter die ich mich verkrochen habe, tummeln sich Delfine.

Wie Oma immer sagt: „Wichtige Rätsel löst man am besten im Verborgenen. Das machen alle guten Rätseldetektive so.“

Und Oma sollte es wissen, denn sie ist die beste Rätseldetektivin weit und breit. Ihre Spezialität sind Anagramme - dabei muss man aus ungeordneten Buchstaben ein Wort bilden. Oma liebt die Fernsehsendung „Wortsalat", in der Anagramme gelöst werden. Außerdem hat sie sich in den Moderator Jonny Clever verliebt. Ich weiß nicht, warum, denn er trägt absolut grässliche Krawatten, aber immer wenn man seinen Namen flüstert, wird Oma *hibbelig* und rot wie ein Erdbeerpudding. Zum Valentinstag hat Dad ihr eine Karte geschickt und sie mit

meine Verehrung

Jonny Clever xxx

unterschrieben. Oma sagt, sie wusste, dass die Karte von Dad war, aber sie hat trotzdem Herzklopfen bekommen.

Jedenfalls sehe ich gleich, dass der Text kein Anagramm sein kann, denn er enthält nicht genug Vokale. Also mache ich aus jedem A ein B, aus jedem B ein C, aus jedem C ein D und so weiter bis zum Z, das zu A wird.

Ich weiß bloß überhaupt nicht, was ich mit + oder - anfangen soll, und die Antwort kann sowieso nicht richtig sein, denn ...

ksuvüpwksn iä+wmfjnewk.
fsu gj tjwk opeä- gj opeä ewkütj jng
kteä gsn wqgs ismntwmä- tjh gsu jku nsosn
gsu äthsü üpsiä spns vfspzahjngz,+nvs-
kqü eps gpu- eps peä gspn
isksp,tisnäsnzauspe-

... ergibt keinen Sinn.

Da fällt mir ein weiterer Rat von Oma ein: „Wenn man ein Rätsel lösen will, ist es gut, wenn man den Erfinder kennt.“ Wenn zum Beispiel derjenige, der sich das Rätsel ausgedacht hat, gerne isst, hat die Lösung vermutlich mit Essen zu tun. Oder wenn derjenige ein Katzenliebhaber ist, geht es mit großer Wahrscheinlichkeit um Katzen – oder aber man muss sich auf leisen Sohlen vorsichtig an die Lösung heranpirschen.

Mein Lehrer Mr Impey, der uns die Aufgabe gegeben hat, ist ein Trampolinspringer.

Deshalb hat er sich vielleicht einen Code ausgedacht, bei dem man von Buchstabe zu Buchstabe hüpfen muss!

Oder das Rätsel hat mit dem Zweiten Weltkrieg zu tun, denn das ist unser neues Projekt und Mr Impey weiß eine Menge darüber. Aber sicher bin ich mir nicht, und inzwischen bin ich so müde, dass mein Gehirn sich ganz verknotet anfühlt. Wenn ich nicht in den nächsten zehn Sekunden die Augen schließe, werden sie ganz von selbst zufallen.

Ich stopfe den Marsmännchen-Stift unter die Matratze und hoffe, dass Superhirn Jenny genauso abgelenkt war wie ich und die ganze Zeit damit zugebracht hat, schlaue Bücher zu lesen. Und ich weiß, dass ich mir nicht wünschen sollte, meine beste Freundin Frankie zu schlagen, aber sie ist sonst immer in allem perfekt, also wünsche ich es mir trotzdem.

Ich ziehe die wilde Raupe aus und schlüpfe in meinen gummibandlosen Prinzessinnen-Schlafanzug. Dann starte ich den zweiten Code an diesem Abend: meine Botschaft an Wanda. Es ist keine geschriebene Botschaft, sondern eher ein geheimes Signal. Ich klopfe an die Wand, die mein Zimmer von der Küche trennt, und Wanda schleicht sich wie eine Geheimagentin herein und sieht mich fragend an, ob die Luft rein ist. Zur Bestätigung klopfe ich dreimal auf die Bettdecke. Dann hüpft Wanda aufs Bett, leckt mir das Gesicht und rollt sich am Fußende zu einem Knäuel zusammen. Ich flüstere ihr zu: „Minnie an Wanda, bitte kommen, und over“ (das bedeutet, ich weiß, dass sie müde ist und schlafen will), und Wanda antwortet, indem sie die Augen schließt ... und dann schlafen wir beide ein.

In der Nacht träume ich, dass ich den Code geknackt habe. Er lautet:

Minnie Piper, du bist
unglaublich clever und eine
heimliche Rätseldetektivin. Du
hast den Preis gewonnen,
und zwar ...

Mittwoch in der Schule

Hinter dem Streichelzoo

Auf dem Weg zur Morgenversammlung in der Schule erzähle ich Frankie von meinem Traum.

„Was war der Preis?“, flüstert sie. (Wir dürfen auf dem Weg zur Versammlung NICHT sprechen, NICHT rennen und NICHT in der Nase bohren. Wir dürfen bloß superöde vernünftig und zum Gähnen langweilig sein – sehr lustig.)

„Ich weiß es nicht, das ist ja das Problem“, flüstere ich zurück. „Kurz bevor ich es erfahren hätte, hat mich Dad geweckt, um mir zu sagen, dass das Frühstück fertig ist. Und das bedeutet, wenn ich nicht in fünfzehn Sekunden am Tisch sitze, werden sich meine Rice Crispies selbst zerstören. Anstatt zu knuspern und zu knacken, werden sie mir pappig am Gaumen kleben und wie Froscheier auf der Zunge matschen.“

„Iiiih“, quietscht Frankie. „Froscheier zum Frühstück UND kein Preis – was für ein Pech!“

„Pech haben ist meine Spezialität“, seufze ich.

Und da – was für ein Pech! – werde ich beim Flüstern erwischt und muss zur Strafe den Rest der Versammlung im Stehen verbringen. Das ist zum Radieschen-Rotwerden peinlich, denn man wird von Leuten wie Theo und Tiffany angestarrt und darf nicht zurückstarren, sonst lässt einen Grummel-Huber, unser Direktor, EINE GANZE WOCHE lang jeden Tag stehen. Obwohl es Frankie war, die gequietscht hat, werde natürlich ich erwischt. Aber so ist Frankie: Sie hat immer Glück. Ich nicht. Ich habe RABENSCHWARZES Pech.

Und hier stehe ich jetzt, während alle anderen auf dem Boden sitzen, und weiß genau, wie sich eine Giraffe fühlen muss, denn ich bin viel größer als die anderen. Grummel-Huber faselt etwas über Höflichkeit, und ganz höflich (nämlich ohne zu gähnen) beachte ich ihn nicht weiter, bis die Versammlung zu Ende ist. Dann gehen wir in einer Schlange zurück in die Klasse, und die gute Nachricht ist, dass niemand, nicht mal Superhirn Jenny, glaubt, den Code geknackt zu haben.

Niemand außer Theo, der darauf besteht, dass die Botschaft lautet: „Ich habe eine doppelte Portion Pommes gewonnen und muss für den Rest meines Lebens keine Hausaufgaben mehr machen!“

Mr Impey ist sehr beeindruckt. Er hüpft auf und ab in seinem pfauenblauen Trainingsanzug und sagt: „Theo, vielleicht hast du eine geheimnisvolle Code-Entschlüsselungs-Gehirnzelle entdeckt. Deine Botschaft ist so geheim, dass nicht einmal ich wusste, dass sie existiert. Wenn du uns sagen kannst, wie du es gemacht hast, werde ich dir persönlich eine doppelte Portion Pommes kaufen.“

„Geht nicht“, schnaubt Theo. „Mit leerem Magen kann ich nicht denken. Aber wenn ich die Pommes gegessen habe, kann ich es sagen.“

„Abgemacht“, sagt Mr Impey.

Und dann lernen wir das Einmalneun, was ich mir einfach nicht merken kann.

☆ ☆ ☆

In der Pause schleichen Frankie und ich uns immer raus, um unser Pausenbrot hinter dem Schulstreichelzoo zu essen. Dabei müssen wir supergeschickt wie Topdetektive sein, denn eigentlich sollen wir in der Pausenhalle bleiben. Aber dort sitzt Theo und kaut seine Fleischpasteten und Zwiebelchips mit weit offenem Mund wie ein Zementmixer, deshalb haben wir leider keine andere Wahl.

Die Hütte vom Streichelzoo stinkt nach Hamstern und Mäusedreck, aber zum Glück liefert der Gestank mir eine perfekte Ausrede, nicht hineinzugehen. Ich habe es noch nie jemandem erzählt, aber ich habe eine Riesenangst vor schuppigen Dingen, wie zum Beispiel Vogelfüßen oder Schlangenhaut ... solche Angst, dass mein Mund trocken wird, als hätte ich eine Packung Krümelkekse gegessen. Und der Streichelzoo ist voller schuppiger Schwänze und schuppiger Füße, und deshalb ist er mein allerschlimmster Albtraum.

Fast genauso schlimm finde ich seit einiger Zeit Frankies Zimmer. Denn vor drei Monaten hat ihre Mutter ihr Hamster gekauft, und die machen mich so nervös, dass ich anfange zu zittern, wenn ich nur daran denke. Aber ich traue mich nicht, Frankie mein Geheimnis zu erzählen. Also habe ich ihr gesagt, ich könnte den Geruch nicht ertragen, und nun deckt sie ihre Hamster immer mit einem Tuch ab, damit es im Zimmer nicht so stinkt.

Trotzdem gefällt es mir gut hinter dem Streichelzoo in der Schule. Es ist der perfekte Platz zum Pausenbrot-Essen, weil niemand weiß, dass wir da sind. Frankie und ich können uns verstecken und uns Sachen ausmalen – zum Beispiel wie es wäre, ein POPSTAR oder eine Tänzerin zu sein (Frankie) oder eine geheime Rätseldetektivin (ich).

Heute denken wir jedoch über Mr Impey nach, unseren tollen neuen Lehrer, der unsere Klasse von Grummel-

Huber übernommen hat (Grummel-Huber ist zum Rektor befördert worden und konnte uns deshalb LEIDER nicht weiter unterrichten). Mr Impey ist absolut cool. Er besitzt fünf Trainingsanzüge, jeden in einer anderen Farbe (Signalfarben für jeden Schultag), und seine Haare sind manchmal zu Rastazöpfen geflochten und stehen wuschelig ab. Grummel-Huber hat keine Rastazöpfe. Seine Frisur ist gepflegt und ordentlich und sein Anzug ist grau und sieht nicht im Geringsten aus wie ein Trainingsanzug. Sein Jackett ist zugeknöpft, und in der Westentasche trägt er ein weißes Stofftaschentuch, mit dem er sich die Stirn abwischt, wenn er sich aufregt und schwitzt.

Jedenfalls hat Mr Impey komischerweise gesagt, wir sollen uns mit der Arbeit an dem Code nicht beeilen, sondern uns in Ruhe „herantasten". „TASTEN ist das Schlüsselwort für den Code", sagte er. (Grummel-Huber würde so etwas nie sagen. Er möchte immer, dass wir die Arbeit so schnell wie möglich erledigen.) Also sitzen Frankie und ich jetzt hinter dem Hamsterkäfig, finden das neue Schuljahr gar nicht so schlecht, wie wir befürchtet hatten, und überlegen, warum das Schlüsselwort für den Code „Tasten" ist.

„Vielleicht meint er, wir sollen erst nachdenken und nichts überstürzen", sagt Frankie und stopft sich fünf Oliven in den Mund – ihr persönlicher Rekord liegt bei zwölf.

„Wenn du mein hart gekochtes Ei auch noch reinkriegst, schenke ich dir meine Banane", biete ich ihr an.

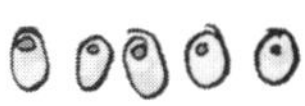

„Keine Chance!“, nuschelt Frankie.

Ich kann sie verstehen. Warum sollte sie gekochte Eier und matschige Bananen essen, wo sie selber leckere Minelli's-Pizza dabeihat und vor allem absolut himmlisch-köstlichen Schokoladenkuchen aus dem Café ihrer Eltern.

„Ich wette, du kannst dies hier nicht zwei Minuten lang anstarren, ohne zu blinzeln“, sagte ich und halte den Code hoch.

„Wenn ich es schaffe, musst du zwei Minuten lang Theo küssen, ohne zu blinzeln“, kichert Frankie. Sie hat sich gerade den Finger in die Nase gesteckt, um Theo nachzumachen, als ...

„Wer ist denn Theo?“, schnieft jemand.

Frankie und ich sehen auf, und da, wie ein lästiger Gedanke, den man nicht abschütteln kann, steht meine Cousine Lissi-die-Klette. Sie ist gekommen, um ihre kleinen vierbeinigen Freunde zu besuchen. Das ist extrem ärgerlich, denn jetzt hat sie unser geheimes Versteck gefunden, und die Pausen sind doch für mich und Frankie da und NICHT für mich und Frankie und Lissi!

Ich will sie gerade wegscheuchen, doch dann beschließe ich, erst mal bis zehn zu zählen – Omas Rat für hitzige Momente. Ich bin fast bei neun und drei Viertel, als mir Omas Worte einfallen: „Blut ist dicker als Wasser,

Schatz“, und das bedeutet, dass man sich um seine Familie kümmern und mit ihr durch **DICK** und *dünn* gehen sollte. Und weil Lissi meine Cousine ist und ich Dad versprochen habe, nett zu ihr zu sein, versuche ich zu lächeln und sage: „Theo ist der schrecklichste Junge des Universums. Er hat abstehende Ohren, die noch größer aussehen, als sie sind, weil seine Haare so kurz geschnitten sind. Außerdem ist er absolut unfähig, rechtzeitig seine Hausaufgaben abzugeben, und es ist seine Schuld, dass der Murmeltopf in unserer Klasse, in dem wir Punkte für gute Leistungen sammeln, immer leerer wird anstatt voller. Das ist blöd, denn wenn er voll ist, machen wir einen Ausflug, und Murmelgewinnen ist Teamarbeit, und ich HASSE Teamarbeit, weil Theo IMMER so schlecht darin ist, und er ist immer in MEINEM Team.“

„Oh“, schnieft Lissi und wünscht sich wahrscheinlich, sie hätte nie gefragt. Und dann, nervig wie eine Fliege, die ein Pausenbrot umkreist, fragt sie: „Wollt ihr mal sehen, wie mein Zahn wackelt?“

„Nein, Lissi, wir essen gerade!“

Dann fragt sie Frankie, ob sie ihr eine Kreisdrehung beibringt. Frankie antwortet: „Nein, dazu bist du noch zu klein. Außerdem heißt es nicht Kreisdrehung, sondern Pirouette.“

„Oh“, schnieft Lissi. „Aber ich kann Spagat.“

„Gigantastisch", sagt Frankie. Aber ich weiß, dass sie nicht wirklich beeindruckt ist und Lissi nicht besonders gut leiden kann. Lissi nimmt einfach Unmengen meiner Zeit in Anspruch und gefährdet unsere Freundschaft, denn anstatt mich nach der Schule mit Frankie zu treffen, muss ich nun immer auf Lissi aufpassen.

„Frankie und ich müssen Hausaufgaben machen", sage ich. „Das ist sehr, sehr langweilig für dich. Es ist ein Code für zehnjährige Mädchen, nicht für fünfjährige."

Lissi stellt sich auf die Zehenspitzen und sagt: „Ich werde bald zehn."

„Leider nicht bald genug", sage ich.

Lissis Unterlippe beginnt zu zittern, deshalb gebe ich ihr großzügig mein letztes **SIRUPBROT**. Ihre Laune bessert sich, denn sie liebt **SIRUP** fast genauso wie Hamster. Sie verzieht sich mit dem Brot in eine Ecke.

„Ich habe jede Menge Cousins und Cousinen", sagt Frankie, als Lissi verschwunden ist, „aber zum Glück sind sie alle noch in Italien. Bisher war ich immer traurig, dass ich sie nie sehe, aber stell dir vor, sie wären alle wie Lissi!"

„UND stell dir vor, du müsstest deine Oma mit ihnen teilen! Es ist wirklich PECH, dass meine Oma auch Lissis Oma ist! Ich wünschte, Lissi wäre mit ihrer Mutter nach Frankreich gegangen, aber Dad sagt, Tante Valerie braucht etwas Zeit für sich, und das heißt, sie muss

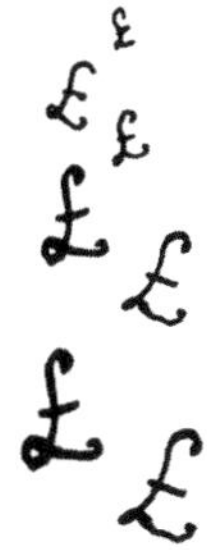

alleine sein. Sie ist ein bisschen deprimiert, weil sie früher viele Trillionen Pfund verdient hat und allen Leuten schöne Sachen kaufen konnte, zum Beispiel eine glitzernde Haarbürste für mich und ein riesiges Haus für Onkel Jeff. Dann hat sie ihren Job verloren und sie mussten das riesige Haus verkaufen und in die Arthurstraße ziehen. Der Gedanke daran hat sie verrückt gemacht, wegen dem Lärm und Nachbarn wie Theo, deshalb ist sie nach Frankreich gegangen und wohnt bei einer Freundin, bis es ihr besser geht."

„Und was ist, wenn es ihr nie besser geht?", stöhnt Frankie.

„Dann habe ich bis in alle Ewigkeit eine Klette an mir kleben."

„Was für ein Pech ... aber die grässliche Tante Valerie muss bis in alle Ewigkeit grässliche Knoblauchschnecken essen."

„Ja, vielleicht. Aber Dad sagt, sowohl Tante Valerie ALS AUCH die Schnecken sind gar nicht grässlich. Und ich glaube, er hat recht, denn sie war immer nett zu mir. Und bevor sie gefahren ist, hat sie mir ein Buch mit komischen Gedichten geschenkt, zum Dank dafür, dass ich Onkel Jeff helfe, auf Lissi aufzupassen."

„Aber was ist mit den grässlichen Schnecken?"

„Vielleicht solltest du mal eine probieren!"

„Oder ein ekliges Schneckengedicht machen! Los, Minnie, wir machen jetzt gleich eins!“

„Okay.“ Das ist es, was ich an Frankie mag: Sie kann sich unheimlich gut Sachen ausdenken, auch wenn sie manchmal eklig sind. Wir überlegen gerade, was sich auf „Schnecke“ reimt, als es zum Ende der Pause klingelt. Mr Impey bläst in seine Trillerpfeife, und wir müssen uns hinter Theo aufstellen, der einfach immer eklig ist, ob es sich reimt oder nicht. Er steckt den Finger in seine abstehenden Ohren, pult Ohrenschmalz heraus und formt es zu kleinen Kügelchen, die er Tiffany an den Kopf schießt.

☆ ☆ ☆

Als wir zurück in die Klasse kommen, will Mr Impey von Theo wissen, ob er uns jetzt den Code erklären kann. Aber Theo sagt, das geht nicht, denn die doppelte Portion Pommes war so fettig, dass die ganze Geheiminformation aus seinem Kopf gerutscht ist, und das ist alles Mr Impeys Schuld.

Bei dem Gedanken an Theos Ohrenschmalz und fettige Pommes und Tante Valerie, die Knoblauchschnecken in sich hineinstopft, habe ich für den Rest des Tages ein flaues Gefühl im Magen. Es wird auch nicht besser, als Mr Impey uns beibringt, was Rationierung ist. Theo versteht „Portionierung“ und hat einen Riesenspaß daran, ein Schwein zu zeichnen, das zu Schinken portioniert wird.

„Guck nicht hin!“, quietscht Frankie, und ich versuche es, aber jetzt fügt Theo magenumdrehend-eklige Details mit rotem Filzstift hinzu, und es ist VÖLLIG unmöglich, den Blick abzuwenden. Besonders weil Rationierung in Wirklichkeit todlangweilig ist und bedeutet, dass man sich jeden Löffel Zucker teilen muss. Und es kommt noch viel schlimmer, denn Mr Impey hat uns eine Dose Eierpulver mitgebracht. So etwas mussten die Leute im Krieg essen. Wir sollen daran riechen und es stinkt wie Nicks Windeln.

Mir ist immer noch schlecht, als es Zeit zum Heimgehen ist.

Mittwoch nach der Schule

Theo-küssen-Müssen

Endlich klingelt es. Frankie und ich schnappen unsere Sachen und rennen nach draußen, wo Oma auf dem Pausenhof wartet, um uns abzuholen. Leider holt sie auch Lissi ab, und die ist wie immer spät dran. Frankie und ich wollen schnell los, besonders weil ich heute einen Lissi-freien Nachmittag habe, und Oma sagt: „Wenn ihr versprecht, gut aufzupassen, könnt ihr auch allein gehen. Vier Augen sehen mehr als zwei."

Bevor es zu spät ist und Lissi doch noch auftaucht, sausen wir über den Hof. Frankie schwenkt ihren Geigenkasten, und ich schwenke eine Tüte mit der Aufschrift Bioladen, denn mein Rucksack ist kaputt, und Mum hat es noch nicht geschafft, ihn zu reparieren oder mir einen neuen zu kaufen.

Als wir zu Hause ankommen, ist Mum in der Küche. „Hi, Mrs Pfeifer“, sagt Frankie. (Sie nennt Mum nie bei ihrem Vornamen, der peinlicherweise Elisabeth lautet. Wenn ich zu Frankie sage, dass sie Glück hat, weil ihre Eltern Violetta und Fabio heißen, antwortet sie nie „Quatsch, Elisabeth und Mark sind tolle Namen“, sondern knabbert bloß an ihren Nägeln und wartet, dass ich etwas anderes sage.)

„Da kommt ja der Minnie-und-Frankie-Verein!“, grinst Mum. (Bei mir zu Hause sind wir der Minnie-und-Frankie-Verein und bei Frankie zu Hause der Frankie-und-Minnie-Verein.) „Hattet ihr einen schönen Tag?“

„So mittel“, murmele ich. „Es war schlecht, dass wir das Einmalneun lernen mussten, aber gut, dass niemand den Code geknackt hat.“

„Außer Theo“, kichert Frankie. „Aber er hat zu viele Pommes gegessen, und deshalb ist es ihm wieder aus dem Gehirn gerutscht.“

„Oje“, sagt Mum und lächelt. „Also von Codes habe ich keine Ahnung, aber ich könnte euch mit dem Einmalneun helfen.“

„Nein danke“, antworte ich.

Und nun steckt Dad seinen Kopf durch die Tür. „Ich könnte euch auch mit dem Einmalneun helfen.“

„NEIN!“, schreie ich. „Ich hab heute schon genug Mathe für den Rest meines Lebens gemacht!“

Und bevor noch mehr Leute auftauchen können, die „MATHE! MATHE! MATHE!“ rufen, greife ich Frankie am Arm und zerre sie in mein Zimmer.

„Sollen wir uns verstecken?“, kichert sie und zieht sich meine Bettdecke über den Kopf.

„Gute Idee“, stimme ich zu. „Wir können Geheimagenten spielen und vielleicht sogar den Code knacken.“

„Was ist mit dem Schrank?“

„Was soll mit dem Schrank sein?“

„Sollen wir uns darin verstecken?“

„Zu klein“, seufze ich. „Außerdem hängen meine Kleider darin. ABER wir könnten das eine Ende der Bettdecke am Bett festmachen und das andere am Tisch, dann können wir BEIDE untertauchen.“

„Und so tun, als würden wir auf dem Grunde des Meeres sitzen!“

„Wie Geheimagenten in einem versteckten Unterwasser-Palast mit Delfinen, die über unseren Köpfen herumschwimmen!“

Aber es ist nicht so einfach, wie ich dachte, denn das eine Ende der Decke rutscht ständig vom Tisch herunter und wir müssen es mit Schuhen und Büchern beschweren. Gerade als wir uns einen Thronsessel aus Kissen machen, kommt Mum rein und fragt: „Hast du was zu waschen, Minnie?“

Das ist wirklich nervig, denn man kann unmöglich ein verborgener Geheimagent in einem versteckten Unterwasser-Palast sein, wenn die eigene Mutter reinkommt und das Versteck findet. Ich gebe ihr ein paar Socken und drücke die Daumen, dass sie verschwindet. Aber Mum, die total abergläubisch ist, schaut auf meine Schuhe, die auf dem Tisch stehen, und seufzt: „Minnie, es bringt Unglück, Schuhe auf den Tisch zu stellen.“

Und ich seufze zurück und antworte: „Die Schuhe stehen nicht AUF dem Tisch, sondern AUF DEM BETTBEZUG ÜBER DER DECKE AUF DEM TISCH, und das zählt nicht.“

Und dann ruft Dad: „Elisabeth, wo sind frische Windeln für Nick?“ Und Mum ruft zurück: „Ich komme, Mark“, und verschwindet zur Windelsuche.

Frankie lacht und sagt: „Lass uns ein Schild malen, auf dem steht: MINNIE-UND-FRANKIE-VEREIN. BITTE NICHT STÖREN!"

Also stehle ich mich in die Küche, zerreiße eine Cornflakespackung und wir kritzeln mit Glitzerstift auf die Rückseite:

Ich bohre mit dem Stift ein Loch hinein und wir hängen das Schild mit einem roten Haarband an meine Zimmertür. Dann holt Frankie ihre Geige und zusammen starren wir auf die verschlüsselte Botschaft ...

Jrtuöovjrm hö+vleimdvj. ert
fi sivj nodz-
fi nodz dvjösi imf jsdz frm vpfr
hrlmsvlz- sig frt ijt mrnrm frt
zsgrö öorhz romr ueroyügimfy,+mur-
jpö dor fot- dor odz
from hrjro,shrmzrmyütrod-

Aber solange wir auch starren, der Code bleibt so verwirrend wie zuvor.

„Das ist einfach Kauderwelsch“, stöhnt Frankie. „Du kannst ja weiter überlegen, ich übe solange Geige.“

„Aber Frankie, du bist doch gut in Sprachen. Immerhin sprichst du Spaghetti-Italienisch. Und Dad sagt, du sprichst besser Englisch als ich, und ich lebe schon mein ganzes Leben hier.“

„Minnie! Ich lebe doch auch schon mein ganzes Leben hier!“

„Nein, tust du nicht. Ich dachte, du bist im fantastischen Mailand geboren.“

„Ja, bin ich“, lacht Frankie. „Aber wir sind nach England gezogen, als ich ZWEI Wochen alt war, und zu dem Zeitpunkt warst du VIER Wochen alt, also hattest du nur einen Vorsprung von vierzehn Tagen!“

„Oh“, murmele ich und überlege gerade, wie viel Englisch man in vierzehn Tagen lernen kann, als Mum tatsächlich ZURÜCKKOMMT. Ich weiß, dass sie es ist, denn ich sehe ihre Füße mit den pink lackierten Zehennägeln über meinen korallenbemalten Fußboden gehen. Anscheinend hat Mum ziemlich wenig Englisch gelernt, denn sie hat unser Schild einfach ignoriert, obwohl wir es in RIESIGEN Buchstaben geschrieben haben.

„Mum“, schimpfe ich, „brauchst du eine Brille?“

„Unsinn, Minnie. Aber ich dachte mir, ihr wollt vielleicht ...“

„Wir wollen NICHT GESTÖRT WERDEN!“

„Ihr wollt wirklich keine Pommes? Ich habe sogar zwei Holzgabeln und zwei Tütchen mit Ketchup für euch.“

Dem Geruch von Ketchup folgend, trottet Wanda hinter Mum ins Zimmer, aber das ist in Ordnung, denn sie kann schließlich nicht lesen. Sie kann allerdings eine Portion Pommes in null Komma nichts verputzen – genau wie ich. Ich bin halb verhungert, mein Magen knurrt, und Pommes mit Ketchup sind eine superseltene, absolute Ausnahme, denn normalerweise müssen wir gesund essen. Das bedeutet nicht, dass das Essen extra gewogen wird, sondern dass wir nichts aus Dosen oder Packungen essen (außer es ist eine Packung Linsen oder Nüsse).

Bevor Mum es sich anders überlegen und beschließen kann, dass wir doch Linsen essen sollen, schnappe ich mir meine Portion und fange an, mir das Essen in den

Mund zu stopfen. Dabei nuschele ich: „Wir dachten, du wärst ein Spion, Mum."

„Und Spione", fügt Frankie hinzu und knabbert an einem Pommes, „sind gut beim Entziffern geheimer Botschaften."

„Vielleicht fällt mir was ein, wenn ich mich auf den Kopf stelle", lacht Mum. „Das hilft mir immer beim Denken."

„Genau!", sagt Frankie. „Deine Mum stellt sich auf den Kopf und ich spiele Geige, dann werden wir den Code schon knacken."

„Kann sein", kichere ich. „Aber ich möchte lieber Pommes essen."

„Ich auch", sagt Mum und klaut sich ein Stück von meinem Teller. Dann macht sie einen Kopfstand. Ihre Haare breiten sich auf dem Boden aus wie ein gelockter Heiligenschein, und wie ein Engel starrt sie auf den Code. Ich überlege, ob er vielleicht wirklich einfacher zu

lösen ist, wenn man ihn verkehrt herum betrachtet, aber das ist er anscheinend nicht, denn ...

„Vielleicht kann Dad helfen", krächzt Mum mit der Stimme einer verzweifelten Kröte, weil ihre Kehle durch den Kopfstand eingequetscht ist.

„DAD?!", protestiere ich mit vollem Mund. „Aber Dad ist nun wirklich NICHT gerade clever."

„Natürlich ist er das", krächzt Mum. „Er kann einen Badezimmerschrank bauen ...

und Motorrad fahren ...

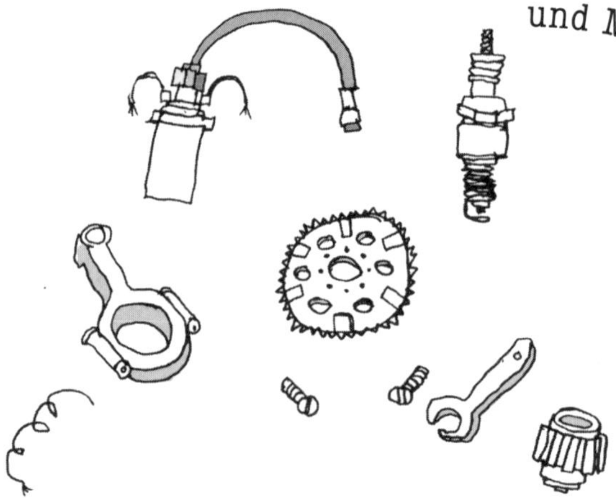

UND einen Motor auf meinem Teppich auseinandernehmen."

Das ist alles lügendetektorsicher-wahr, aber ich weiß nicht, ob das heißt, dass Dad clever ist.

„Man sollte ihn niemals unterschätzen", krächzt Mum.

„Nie nie nie im Leben?"

„Genau", sagt Mum. „Obwohl man NIEMALS nie sagen soll."

„Du hast es gerade selbst gesagt!", erinnere ich sie.

„Und außerdem sage ich gerne nie. Ich werde zum Beispiel NIE einen Theo küssen."

„Niemals im Leben nicht", sagt Frankie. „Einen Theo küssen ... heißt, sich übergeben müssen."

Mum springt wieder auf die Füße und sagt: „Tut mir leid, Mädels, ich konnte den Code nicht knacken. Verkehrt herum ergibt er auch keinen Sinn. Vielleicht probiert ihr es mal von hinten nach vorn?" Und sie fügt hinzu: „Ich gehe lieber wieder zurück zu meinem Salat, bevor er kalt wird."

Frankie und ich schlingen die Reste unseres Essens herunter, dann rennen wir zum Spiegel und halten die Seite mit dem Code davor. Aber spiegelverkehrt ist er furchtbar schwer zu lesen, denn nicht nur die Wörter sind in der umgekehrten Reihenfolge, sondern auch die einzelnen Buchstaben sind verdreht, und wir müssen uns furchtbar konzentrieren, um sie wieder zurückzudrehen. Sorgfältig schreiben wir sie nacheinander ab, aber alles, was herauskommt, ist:

tre .jvdmielv+hö mrjvooöutrj
zdon if -zdon jvis if
rfpv mrf zdsj fmi isöjvd
trf mrnrm tji rtf gis -zlvsmlrh
-rum+,yfmigüyoreu rmor zhroö örgsz
zdo rod -tof rod öpj
-dortüymrzmrhs,orjrh morf

Ich bin enttäuscht und genervt, aber Frankie kichert: „Wenn du die richtigen Buchstaben auswählst, kannst du aus der ersten Zeile „Theo“ zusammensetzen.

„Und in der dritten Zeile steht Frankie Minelli“, lache ich.

„Wo?“

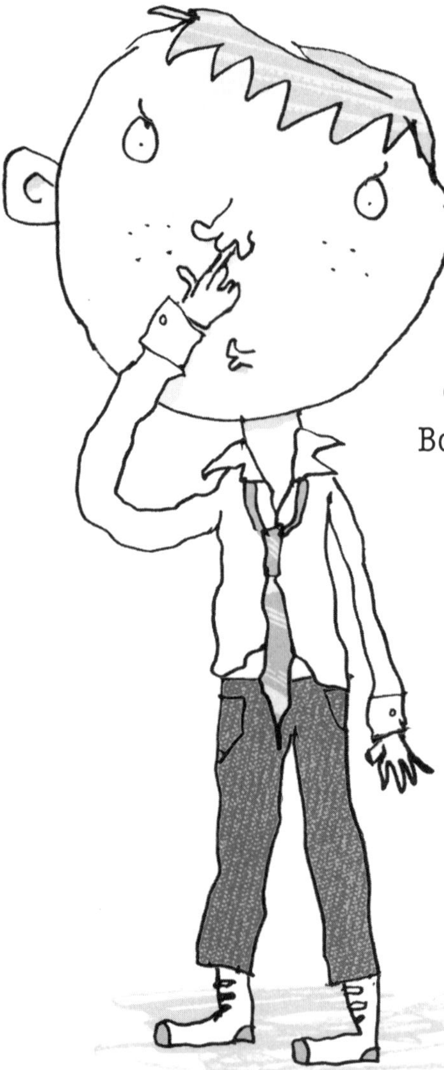

„Da! FMi. Wahrscheinlich heißt die Botschaft: Theo küsst Frankie Minelli!“

„Iiiiih!“, schreit Frankie. „Ich würde Theo nicht in einer Million Jahre küssen!“

Und dann bekommen wir einen Lachanfall, wälzen uns am Boden und rufen:

„Einen Theo KÜSSEN heißt, SICH ÜBERGEBEN MÜSSEN.“

Mittwochabend

Orangenkekse und Delfine

Wir setzen uns wieder in unseren Unterwasser-Palast, aber nun hat Frankie keine Lust mehr auf den Code und möchte stattdessen ein Bild von Wanda malen. Mir ist der Code immer noch nicht langweilig, aber Frankie kann sich nie lange auf eine Sache konzentrieren. Sie hat eine Menge Ideen, aber nicht besonders viel Ausdauer.

Theo ist da anders: Er kann mit großer Ausdauer in der Nase bohren, um sein walnussgroßes Gehirn zu finden, und er kann auch sehr ausdauernd nach einem Platz suchen, wo er seinen alten Kaugummi hinkleben kann (zum Beispiel in meinen Schuhen). Besonders viel Ausdauer hat er beim Essen, und wenn er fertig ist, streckt er seine mit Joghurt oder Brezelkrümeln bedeckte Zunge raus.

Frankie kitzelt Wanda am Ohr und sagt: „Es ist einfach nicht fair, Minnie. Du hast gigantastisches Glück, einen Hund zu haben. Ich habe bloß Hamster."

„Ich weiß", grinse ich und hole meine Stifte und mein Delfinpapier (das ist nicht aus Delfinen gemacht, sondern Papier in meiner absoluten Lieblingsfarbe Rotviolett, mit gemalten Delfinen am oberen Rand.)

„Hast du das noch gar nicht aufgebraucht?", will Frankie wissen.

„Noch nicht ganz. Ich hatte es ein bisschen über. Zuerst fand ich es etwas Besonderes, aber jetzt interessiere ich mich nicht mehr so für die Delfine, sondern nur noch für die Farbe. Ich dachte übrigens, du magst Hamster."

„Und ich dachte, du magst Delfine!"

Das ist schlau von Frankie, denn sie weiß genau, dass ich Delfine nicht NICHT mag, und nun weiß ich auch, dass sie Hamster nicht NICHT mag (im Gegensatz zu mir). Es ist einfach so, dass sie vorher etwas ganz Besonderes waren und jetzt nicht mehr.

„Mum denkt, dass ich Delfine immer noch liebe. Und es ist ja nicht so, dass ich sie nicht mehr mag, aber sie sind einfach überall – sogar auf meinem Kopfkissen! Vor drei Jahren wollte ich ein Zimmer, wie es sonst niemand hat, und als Mum überall Delfine hingemalt hat, war ich total begeistert, aber jetzt denke ich manchmal, ich ertrinke, und die Delfine auf meinem Kopfkissen sind schon ganz ausgeblichen. Das Problem ist, dass Mum es immer noch toll findet – gerade letzte Woche hat sie zu mir gesagt, mein Zimmer hätte sie auf die Idee gebracht, aus Nicks Zimmer einen Dschungel zu machen, mit Affen und Löwen und Tigern und so. Deshalb traue ich mich nicht, ihr zu sagen, dass mir die Delfine nicht mehr gefallen und ich lieber nur lila Wände hätte. Dann könnte ich nämlich Poster aufhängen, ohne Mums Kunstwerk zu zerstören."

„Ich mag dein Delfinzimmer", seufzt Frankie. „Es ist fantastisch viel schöner als mein Zimmer."

„Aber dein Zimmer ist wie ein Orangenkeks!"

„Ein Orangenkeks?"

„Ja, so ein Schoko-Orangenkeks. Du hast einen weichen braunen Teppich und drei orangefarbene Wände und die vierte Wand hinter deinem Bett ist weiß mit Zillionen von orangen Punkten. Meine Mum würde sagen, es ist ein Schoko-Orangen-Himmel!"

„Aber die vielen Punkte machen mich ganz kribbelig!"

„Das wusste ich nicht. Punkte sind doch viel cooler als Delfine. Ich hätte gern ein gepunktetes Zimmer mit lila Punkten und violetten Wänden und ... warte mal ... das ist es!"

„Was?"

„Lila Punkte! Obwohl sie lieber rosa hätte."

„Wer denn?"

„Lissi natürlich! Wir könnten Lissis Zimmer mit Punkten dekorieren! Sie schläft nämlich immer noch in Waynes altem CHELSEA-Fußballzimmer, und ich habe versprochen, beim Streichen zu helfen. Sie will rosa, aber einfach nur rosa ist doch langweilig, also könnten wir ihr vielleicht rosa Punkte malen! Mum könnte sie mit einer Schablone vorzeichnen, wenn Onkel Jeff vorher die Wände streicht. Ich werde es gleich morgen vorschlagen, wenn Lissi zum Essen kommt."

„Lissi kommt MORGEN zum Essen?"

„Ja", seufze ich. „Und ich muss mich wie immer um sie kümmern, weil Mum genug mit Nick zu tun hat."

„Aber ich dachte, du wolltest morgen zu MIR kommen! Neros Freunde sind da und du musst mich retten!"

„Oh nein", quieke ich. „Das habe ich total vergessen! Wie konnte ich ... oh Frankie, das tut mir leid!" Ich denke an Nero, Frankies Bruder, der schon fünfzehn Jahre alt und absolut grandios ist. Er spielt in einer Band, die sich die **tigerspinnen** nennt. Insgeheim mag ich ihn ziemlich gerne, aber Frankie gegenüber muss ich so tun, als ob ich ihn SCHRECKLICH finde, denn er geht ihr total auf die Nerven und sie nennt ihn immer VOLLIDIOT. Wie konnte ich nur vergessen, dass ich ihn treffen würde? Aber all das kann ich Frankie nicht sagen, also flüstere ich nur: „Tut mir leid, Frankie, wirklich!"

„Hmmph", murmelt Frankie böse. „Tja, wenn Lissi dir wichtiger ist als ich, muss ich mich wohl allein von vier Teenagern mit Schlagzeug und elektrischen Gitarren quälen lassen. Wahrscheinlich bin ich von dem Krach taub geworden, wenn wir uns das nächste Mal sehen."

„Natürlich ist mir Lissi nicht wichtiger als du!", sprudele ich heraus. „Sie ist bloß eine Klette ... aber ich kann versuchen, ihr abzusagen."

„Gib dir keine Mühe“, grummelt Frankie.

Ich kann ihr nicht sagen, dass ich mir UNBEDINGT Mühe geben will, weil ich gern Nero treffen möchte. Deshalb sage ich gar nichts und Frankie sieht mich von der Seite an und murmelt: „Du hast es wahrscheinlich vergessen, weil du so beschäftigt damit warst, Lissis Zimmer zu planen.“

„Es tut mir wirklich, wirklich leid!“, sage ich zu Frankie. Es ist einfach zu ärgerlich, dass Lissi mir schon wieder in die Quere kommt. Und ich bin so sauer auf Onkel Jeff, denn es ist alles seine Schuld, weil er JEDEN ABEND lange arbeitet, und ich habe Angst, dass ich Lissi jetzt für alle Ewigkeit am Hals haben werde. Ich schiele zu Frankie hinüber, die missmutig an ihren Haaren kaut (das ist bei ihr ein sicheres Zeichen, dass sie SEHR beleidigt ist). Sie scheint genauso unglücklich zu sein wie ich. Ich reiße ein Blatt von meinem Delfinpapier ab und gebe es ihr. „Für meine allerbeste Freundin, damit sie ein Bild von Wanda malen kann.“

„Ohne Filzstifte kann ich nicht malen“, sagt sie schlecht gelaunt.

„Tut mir leid“, sage ich und gebe ihr meinen Gelstift, der nach Erdbeeren riecht, meine Glitzerstifte, damit sie ein glitzerndes Halsband malen kann, und meine beste Packung Filzstifte (von denen sogar das Lila noch funktioniert).

Ich versuche ein Ich-bin-deine-allerbeste-Freundin-Lächeln, aber Frankie lächelt nicht zurück. Deshalb beschließe ich, ihr etwas Zeit zu lassen, damit sie sich beruhigen kann. Weil ich keine Lust zum Malen habe, nehme ich mir noch einmal den Code vor.

Meine Idee ist, jeden zweiten Buchstaben zu nehmen. Wenn man zum Beispiel jeden zweiten Buchstaben von

A n h i f c g k w i d s t t p e l i m n r e
b k s a l u s l c q h u d a f p f p v e

nimmt, kommt heraus:

Nick ist eine Kaulquappe!

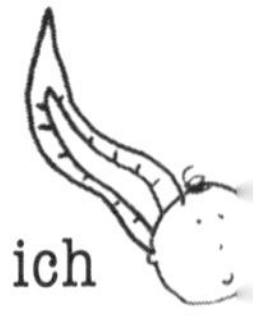

Ich probiere es mit Mr Impeys Botschaft aus, aber ich bekomme nur ...

Jtövrh+lidjetiijozfnddjsifszrvfhlsl-
i f t j m n m r z g ö o h r m u r y g m y +u -
pdryo-oozrmrr,hmryto-

... heraus.

Und bevor mir eine bessere Lösung einfällt, kommt Mum mit Violetta Minelli herein und sagt, dass Frankie nach Hause muss.

Ich sehe Frankie an, aber sie sieht mich nicht an, und dann sehe ich Frankies Bild von Wanda an, das zwar nicht wirklich schlecht, aber auch nicht wirklich gut ist. Ich weiß nicht, was ich sagen soll, denn Frankie hat immer noch schlechte Laune, aber Mum rettet mich und sagt: „Schönes Bild, Frankie! Du solltest es an die Wand pinnen!“

„*Magnifico*“, sagt Violetta ausweichend. Sie mag es nicht, wenn etwas an ihre Wände gepinnt wird, geschweige denn ein Bild von Wanda, auf dem sie aussieht wie ein Pinguin auf einem Skateboard.

„Danke, dass ich kommen durfte, Mrs Pfeifer“, sagt Frankie.

„War mir ein Vergnügen“, lächelt Mum.

Aber für Frankie war es anscheinend kein Vergnügen, denn sie spricht immer noch nicht mit mir. Als ich ihr zuflüstere: „Bis morgen in der Schule“, antwortet sie nicht. Entweder bin ich zu gut im Flüstern und sie hat mich nicht gehört, oder sie ist immer noch beleidigt und ignoriert mich einfach.

Als Frankie gegangen ist, mache ich mir Sorgen, dass sie nicht mehr meine Freundin ist, oder schlimmer, dass sie mich gegen eine neue beste Freundin eintauschen will, die keine Klette als Cousine hat. Ich sehe mir mit Dad Zeichentrickfilme an, aber nach einer Stunde habe ich immer noch Panik. Schließlich erzähle ich Mum, dass Frankie und ich uns gestritten haben.

„Frankie wird jetzt vielleicht taub, weil Nero und seine Freunde Schlagzeug spielen, und ich sollte sie retten, aber jetzt kann ich morgen nicht zu ihr zum Essen gehen, weil ich auf LISSI-die-Klette aufpassen muss!“

„Warum fragst du nicht Frankie, ob sie zu uns kommt?“, schlägt Mum vor.

„Und was ist mit Lissi?“

„Ihr könnt doch zusammen auf sie aufpassen.“

„Hmmmm“, mache ich und versuche mir Frankie mit Lissi vorzustellen. „Na ja, ich könnte sie mal fragen. Ich rufe sie an.“

Aber ich bin nervös, weil ich Angst habe, dass Frankie nicht mit mir sprechen will. Also hole ich erst einmal tief Luft und versuche mich abzulenken, indem ich „Hänschen klein“ rückwärts singe. (Das ist viel schwerer, als man denkt, aber man vergisst darüber alles andere.) Danach rufe ich Frankie an, und zum Glück spricht sie wieder mit mir. Aber als ich sie frage, ob sie morgen zum Essen kommt und ob sie den Code geknackt hat, lacht sie und sagt: „Keine Chance, **Pudel-Nudel**!“

Mir rutscht das Herz in die Hose und ich will gerade auflegen, da sagt sie: „Natürlich habe ich den Code nicht geknackt, aber ich komme AUF JEDEN FALL morgen zum Essen zu dir!“

„Grandios“, seufze ich. „Aber leider müssen wir auf Lissi aufpassen.“ Ich habe Angst, dass sie nun ihre Meinung ändert, aber sie sagt:

„Na ja, egal. Lissi ist immer noch besser als der Vollidiot Nero.“

Da kann ich ihr nicht ganz zustimmen, aber ich will

mich nicht schon wieder mit ihr streiten. „Bis morgen in der Schule“, sagt Frankie, und ich bin froh, dass sie noch immer meine Freundin ist. Nachdem ich es Mum erzählt habe, rufe ich Oma an, um sie zu fragen, was sie über Rationierung weiß.

„Leider eine ganze Menge“, antwortet Oma. „Mir wäre es lieber, ich wüsste nichts, besonders wo du mich an das stinkende Eipulver erinnerst. Lebensmittel waren im Krieg rationiert und mussten gegen Lebensmittelmarken eingetauscht werden. Man konnte sich endlos lange beim Laden anstellen, um ein Paket Butter zu kaufen. Mehr als ein Paket bekam man nicht, weil Butter eben rationiert war, und man musste stattdessen Brot mit Bratenfett essen.“

Ich weiß nicht, was Bratenfett ist, und Oma lacht und sagt: „Das ist so was wie geschmolzene Kuh.“

So langsam glaube ich, dass Käselinsen vielleicht doch ganz lecker sind – zumindest im Vergleich zu Schnecken und geschmolzener Kuh.

„Und du weiß natürlich auch nicht, wie Kutteln schmecken“, fügt Oma hinzu (wie sich herausstellt, ist das ein in Streifen geschnittener Kuhmagen!), „oder Leberknödel.“ (Das sind Bällchen aus Schweineleber und wer weiß was noch!)

Zum Glück ruft Mum jetzt: „Zeit fürs Bett, Minnie!“, und ich verabschiede mich von Oma.

„Gute Nacht, Schatz, und danke für den Anruf“, antwortet sie.

Donnerstag in der Schule

Karottenkuchen und die Kunst des Gedankenlesens

Mein Magen ist ganz verknotet, wenn ich an die Schule denke, denn erstens bin ich noch nicht einmal annähernd so weit, den Code zu knacken, und habe die heimliche Vermutung, dass Superhirn Jenny es schon geschafft hat, und zweitens kann ich das Einmalneun immer noch nicht.

Als ich das Dad erzähle, sagt er: „Ich habe zwar keine Zeit, deinen Code zu knacken, weil ich noch schnell mein Ei mit Toaststreifen essen muss, aber ich KANN dir einen einfachen Trick zeigen, wie du das Einmalneun behalten kannst."

„Aber das Einmalneun kann niemals einfach sein!"

„Sag niemals nie", erinnert mich Mum, während sie ein Sellerie-Frischkäse-Sandwich, eine Scheibe Karottenkuchen und eine Mandarine in meine Brotbox packt.

„Aber ich werde NIEMALS in der Lage sein, das Einmalneun zu behalten! Es ist die schwierigste Sache im ganzen Universum ... außer nett zu einer Klette zu sein."

„Alles, was du dir merken musst, ist, dass die Antwort zusammengerechnet immer neun ergibt", sagt Dad. „Das ist leicht zu behalten, da es ja um das Einmalneun geht!"

„Was meinst du damit, dass die Antwort neun ergibt?“

„Ganz einfach“, grinst Dad. „Ein mal neun ist neun, und das ergibt neun. Zwei mal neun ist achtzehn, und 1 + 8 ergibt ...“

„Neun“, kichere ich. „Aber was ist mit zehn mal neun?“

1 + 8 = 9

„Neunzig!“

Ich werde rot, denn eigentlich kann sogar ich das Einmalzehn.

„... und neunzig sind 9 + 0, und das ergibt ...“

„Neun“, lache ich und schmiere Butter auf meinen Toast.

3 × 9 = 27

„Drei mal neun?“, ruft Mum.

„Siebenundzwanzig“, grinst Dad. „Und 2 + 7 ergibt ...“

„Neun!“ rufe ich und beginne zu verstehen. „Vier mal neun?“

„Sechsunddreißig“, sagt Dad. „Fünf mal neun?“

„Fünfundvierzig! ... Dad, du bist ein Genie! Und sechs mal neun?“

„Vierundfünfzig. Oma hat mir den Trick beigebracht. Es geht sogar noch einfacher: Wenn du sieben mal neun ausrechnen musst, dann zieh von sieben einfach eins ab. Was bleibt übrig?“

„Sechs.“

„Und die Antwort fängt mit sechs an! Sechs plus was ergibt neun?“

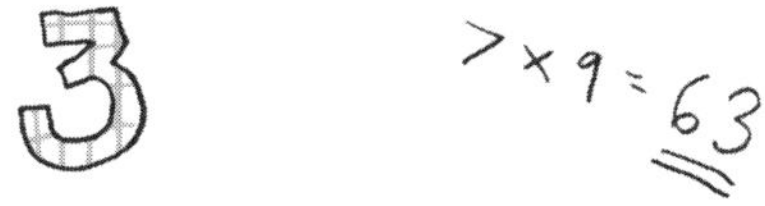

„Drei natürlich."

„Genau! 6 + 3. Also wie viel ist sieben mal neun?"

„63!", quietsche ich. „Und acht mal neun sind … 8 - 1 = 7 und 7 + 2 = 9! Acht mal neun ist zweiundsiebzig, und neun mal neun ist … einundachtzig!"

„Hurra!", schreit Dad. „Meine Tochter ist ein Einmalneun-Genie!"

Jetzt kann ich es kaum erwarten, in die Schule zu kommen. Ich mache ein Wettrennen mit Dad, er gewinnt und keucht: „Warum bist du so langsam gelaufen?"

„Weil ich so kurze Beine habe wie ein Stachelschwein", schnaufe ich und hocke mich auf das Mäuerchen. „Und das ist deine Schuld – ich habe sie von dir!"

„Genauso wie den Einmalneun-Trick!"

„Danke", sage ich und er läuft rückwärts in Richtung Arthurstraße und ruft: „Meine Tochter ist ein Einmalneun-Genie!"

Das ist so peinlich, dass ich schnell in die Schule renne und so tue, als hätte ich ihn nie im Leben gesehen.

☆ ☆ ☆

Mr Impey trägt seinen kirschroten Donnerstags-Trainingsanzug und nach der Morgenversammlung üben wir das Einmalneun. Fantastischerweise mache ich alles richtig! Mr Impey ist total erstaunt, er gibt mir einen gol-

denen Stern und zehn von zehn Punkten und fragt: „Minnie, hattest du eine Gehirntransplantation?“

Ich erzähle ihm von Dads Trick, und er ist so beeindruckt, dass er ihn der ganzen Klasse beibringt. Nun macht sogar Theo alles richtig. Mr Impey ist begeistert. Er macht einen Handstand, läuft auf den Händen im Kreis herum und sagt: „Windpocken-Klasse, ihr habt gerade zehn Murmeln für euren Murmeltopf gewonnen.“ (Eigentlich heißen wir Winterpock-Klasse, nach einem Lehrer, der vor ewigen Zeiten an dieser Schule war. Aber niemand nennt uns so, nicht mal Grummel-Huber.) Mr Impey springt auf die Füße und strahlt. „Und da ihr gerade eine Glückssträhne habt: Hat es jemand geschafft, den Code zu knacken?“

Ich sehe zu Jenny hinüber, aber sie murmelt genau wie alle anderen: „Nein, Mr Impey.“

Ich bin sehr erleichtert, aber Mr Impey ist weniger begeistert. „Oje“, sagt er. „Dann lernen wir jetzt etwas über den Zweiten Weltkrieg und Enigma.“

„Was ist ein Enigma?“, unterbricht Theo.

„Du zum Beispiel“, grinst Mr Impey. „Es bezeichnet etwas oder jemand Merkwürdigen und Geheimnisvollen.“

Er schreibt in großen Buchstaben ENIGMA an die Tafel, und ich will schon abschalten, weil ich Geschichte hasse, aber bevor ich anfangen kann, in mein Heft zu kritzeln oder ein Enigma-Gedicht zu schreiben, muss ich feststellen, dass die Stunde richtig interessant ist. Denn Mr Impey erzählt uns, dass Enigma im Zweiten Weltkrieg eine von den Deutschen erfundene Codierungsmaschine war. Das muss ich unbedingt Oma erzählen, denn die Maschine war so gut, dass sie eine Botschaft auf 150 Millionen Millionen Millionen verschiedene Arten verschlüsseln kann!

Mr Impey will wissen, ob jemand von uns 150 Millionen Millionen Millionen an die Tafel schreiben kann. Theo sagt, er könnte es, wenn sein Stift nicht kaputt wäre. Tiffany sagt auch, sie kann es, aber sie schreibt 150 Millionen Millionen Millionen in Worten (also kann sie es nicht.) Jenny sagt, sie kann es und schreibt:

150.000.000.000.000.000.000!

Und superhirntypisch ist es richtig!

„Gut gemacht, Jenny“, sagt Mr Impey. „So, wer hat schon einmal eine Schreibmaschine gesehen? Gut ...“, grinst er, als wir alle die Hände heben. „Und wer kann eine Schreibmaschine an die Tafel malen?“

Blitzschnell gehen alle Hände runter bis auf Frankies, denn die hat geträumt und aus dem Fenster in den Hof gesehen, wo die vierte Klasse Brennball spielt.

„Sehr gut!“, sagt Mr Impey. „Dann komm nach vorn, Frankie.“ Frankie sieht schockiert aus, geht aber trotzdem zur Tafel und malt eine Art wackeligen Kasten. Obendrauf scheint noch ein kleinerer Kasten zu sitzen, aber anscheinend soll das ein Blatt Papier sein.

Dann malt sie noch sechsundzwanzig kleinere Kästen in drei Reihen in die große Box, das sind die Tasten. Insgesamt sind es nun achtundzwanzig Kästen, und keiner davon sieht einer Schreibmaschine ähnlich. Theo sagt, es würde aussehen wie ein Monster mit Hut mit sechsundzwanzig Zähnen und ohne Augen.

Aber Mr Impey ist sehr zufrieden und sagt: „Brillant, Frankie. Genauso sah Enigma aus, nur mit einem weiteren Satz von sechsundzwanzig geheimen Buchstaben, die hinter den ersten Buchstaben aufleuchteten. Und da Theo ja monströs clever ist, könnte er sie vielleicht für uns einzeichnen?"

„Nö", sagt Theo. „Kein Monster hat so viele Zähne."

„Tja, aber die Geheimbuchstaben waren nicht viereckig, sondern rund und sie leuchteten wie sechsundzwanzig Monsteraugen!"

„Na ja, okay", schnauft Theo. Er gibt nach und quetscht die Augen zwischen die Monsterzähne und den Hut. Zum Abschluss zeichnet er Enigma noch zwei Ohren und Mr Impey klatscht in die Hände. Tiffany schimpft, Theo hätte die Zeichnung ruiniert, aber Jenny sagt, dass die Ohren Griffe sein könnten, und tatsächlich sieht es ziemlich gut aus. (Theo ist ein sehr guter Zeichner, aber normalerweise zeichnet er bloß **eklige** Sachen.)

Mr Impey sagt, dass die echte Enigma ungefähr so aussah wie die Zeichnung, und wenn man eine Taste anschlug, leuchtete ein Auge auf. Theos Augen leuchten auch auf, denn schlagen tut er gerne.

„Die Zähne waren also ein Satz Buchstaben“, fährt Mr Impey fort, „und die Augen waren ein zweiter. Wenn man KATZE mit den Zähnen tippte, leuchtete zum Beispiel VOGEL in den Augen auf, aber nur für einen kurzen Moment, also musste man sehr genau hinsehen, um die Buchstaben zu erkennen. Dann schickte man die geheime Botschaft VOGEL an einen Freund, der dann in seine Enigma das Wort VOGEL eingab, und in den Augen leuchtete KATZE auf! So verschickten die Deutschen während des Krieges geheime Botschaften. Jeden Tag änderten sie den Code, sodass sich KATZE jedes Mal anders buchstabierte.“

„Also meine Katze kann nicht buchstabieren!“, sagt Simon und lacht.

Aber Mr Impey ignoriert ihn und erzählt weiter: „Obwohl das sehr clever von den Deutschen war, waren die englischen Codeknacker noch cleverer. Sie bauten eine eigene Maschine, den ersten Computer der Welt. Er wurde Colossus genannt, denn er war so groß, dass er nicht einmal in unser Klassenzimmer gepasst hätte. Mit der Hilfe von Colossus entschlüsselten die Engländer viele der deutschen Geheimbotschaften. Und jetzt ...“

„Jetzt kommt die schlechte Nachricht“, grummelt Theo und steckt sich den Stift ins Ohr.

„... möchte ich, dass ihr an den Computern arbeitet und Enigma oder Colossus im Internet nachschaut.“

„Habe ich doch gesagt", gähnt Theo, während Mr Impey einige Webadressen an die Tafel schreibt.

„Und diejenigen, die gerade nicht am Computer sitzen, können ein Bild der Monster-Enigma malen", sagt Mr. Impey. „Simon und Abhi verteilen netterweise die Blätter."

Eine der Sachen, die ich an Mr Impey mag, ist, dass er uns viel öfter die Computer benutzen lässt als Grummel-Huber, denn er ist verrückt nach Computern. Leider müssen wir dabei immer paarweise arbeiten, und heute erwische ich Tiffany als Partnerin, und Frankie ist mit Superhirn Jenny zusammen.

Frankie und Jenny haben anscheinend Spaß, denn Frankie kichert. Ich nicht. Als wir dran sind, sagt Tiffany „Ich, ich, ich!", und ich lasse sie die ganze Arbeit machen, während ich über Enigma und andere Geheimnisse nachdenke.

In der Pause verstecken Frankie und ich uns wieder hinter dem Schulstreichelzoo und überlegen, was wir nach der Schule machen können. Etwas, was Spaß macht, obwohl Lissi dabei ist.

„Wir könnten Twister spielen“, schlage ich vor.

„Dafür sind Lissis Beine zu kurz“, widerspricht Frankie.

„Dann vielleicht Verstecken? Wir beide könnten uns so gut verstecken, dass Lissi uns niemals finden kann!“

„Oder ... Lissi kann sich verstecken“, sagt Frankie. „Und wir suchen sie einfach nicht.“

Aber so fies will ich nicht sein. „Mmmmm“, murmele ich. „Lieber nicht. Ich habe schließlich versprochen, nett zu ihr zu sein, weißt du noch?“ Ich linse in meine Brotbox und sehe, dass der Karottenkuchen durchweicht und matschig geworden ist und noch ekliger aussieht als vorher. Ich bin gerade dabei, ihn zu einem klebrigen Ball zu kneten, als Theo uns entdeckt und neugierig näher kommt, wie immer, wenn ihn etwas nichts angeht. „Was 'n das?“, nuschelt er, den Mund voller Joghurt.

„Das ist eine völlig neue Süßigkeit“, schwindele ich. „Es ist so neu, dass es noch nie jemand probiert hat, und ICH werde jetzt die Erste sein. Es ist garantiert superlecker, aber du kannst es mir für 25 Pence abkaufen.“

„Hab bloß 5“.

„Das ist okay, ich geb dir ein Viertel.“ Ich reiße ein Stückchen ab und rolle es zu einer Kugel. Theo grapscht sich die Kugel, stopft sie in seinen Joghurt-Mund und rennt mit MEINEN 5 Pence weg! Aber ich bin die, die zuletzt lacht, denn ich laufe hinter ihm her und brülle ihm in die abstehenden Ohren: „Es ist übrigens aus Karotten gemacht!“

„Karotten?!“, quiekt Theo. „Niemand macht Süßigkeiten aus Karotten!“

„Meine Mum schon“, sage ich. „Und dies hier ist von meiner Mum.“ Ich weiß ganz genau, dass Theo Gemüse hasst, ganz besonders Karotten, und er wird auch prompt grünkohlgrün im Gesicht und muss sich fast übergeben.

☆ ☆ ☆

Nach der Pause lernen wir etwas über Evakuierung, und Theo sagt: „Ich muss jetzt SOFORT meinen Magen evakuieren!“ Er ist immer noch grünkohlgrün im Gesicht, sieht mich böse an und knurrt: „Das ist deine Schuld, Minnie. Du mit deinen bescheuerten Karottenbonbons. NA WARTE!“

Aber ich warte nicht, denn mir wird klar, dass es ein dummer Fehler war, Theo von den Karotten zu erzählen. Ich mache einen Rückzieher und sage: „Gib mir doch einfach die 5 Pence, dann sage ich dir, was wirklich drin war. Karotten natürlich nicht!"

„Dafür muss ich keine 5 Pence verschwenden", lacht Theo. „Ich weiß nämlich genau, wie man Gedanken liest. Ich brauche dazu bloß eine spitze Nadel und deinen Finger!"

Zum Glück hat uns Mr Impey gehört. Er schickt Theo sofort zur Toilette, damit er seinen Magen evakuieren kann, und danach zu Grummel-Huber ins Büro. Ich kaue nervös an meinen Nägeln und sehe Frankie an, und sie flüstert mir leise zu: „Keine Angst, Minnie. Theos Gehirn ist gigantastisch klein, viel zu winzig zum Gedankenlesen. Wahrscheinlich evakuiert er gerade seine einzige Gehirnzelle."

Mr Impey schreibt das Wort Evakuierung an die Tafel. Er erklärt uns, dass viele Kinder, die während des Krieges in London lebten, aufs Land ziehen mussten, weil es in London sehr gefährlich war und auf dem Land nicht. Sie mussten ihre Eltern zurücklassen und waren ganz allein und sehr traurig. Und er gibt uns als Hausaufgabe auf, uns abends im Bett nach dem Lichtausmachen vorzustellen, wir wären evakuiert worden. Wir sollen sehen, wie sich das anfühlt.

Grummel-Huber würde so etwas nie sagen. Er würde uns das Wort Evakuierung buchstabieren lassen, und wenn wir damit fertig sind, gleich noch einmal.

Donnerstagabend

Wunderkugeln und Forelle

Nach der Schule holt Mum mich und Lissi und Frankie ab. Sie hat Nicks Buggy dabei, in dem Nick und Wanda sitzen. Lissi fragt gleich, ob sie die beiden schieben darf. Beim Schieben singt sie „Schna-schna-Schnappi, das kleine Krokodil“.

Frankie flüstert mir zu: „Vielleicht sollten wir einen Gesangswettbewerb mit Lissi veranstalten!“

„Gute Idee“, antworte ich. „Doch leider hast du vergessen, dass ich NICHT singen kann.“

„Klar kannst du singen“, kichert Frankie. „Du bist eine gigantastische Sängerin. Jedenfalls wenn andere Leute laut mitsingen.“

„Aber nicht bei einem Gesangswettbewerb, da würde ich sofort ausgepfiffen. Du kannst aber gerne ein Duett mit Lissi singen. Ich versuche solange, den Code zu knacken.“

„Keine Chance!“, flüstert Frankie. „Ich will nichts alleine mit Lissi machen!“

☆ ☆ ☆

Als wir zu Hause sind, haben wir uns immer noch nicht entschieden, was wir zusammen spielen könnten. Mum schlägt vor, wir könnten einen Lissi-und-Minnie-und-

Frankie-Verein gründen. Aber Frankie und ich sind beste Freundinnen und wissen immer, was die andere gerade denkt, nämlich: Der Minnie-und-Frankie-Verein ist etwas Besonderes, und obwohl Lissi gerade eine harte Zeit durchmacht, ist sie doch nur eine fünfjährige Klette. Mum, die manchmal ebenfalls Gedanken lesen kann, sagt: „Ihr könnt euch doch zusammen in den geheimen Unterwasser-Palast setzen und euch einen anderen Vereinsnamen ausdenken."

Lissi ist begeistert, und während sie herumzappelt und an ihrem Zahn wackelt, spannen Frankie und ich die Decke zwischen Bett und Tisch auf, und als wir fertig sind, setzen wir uns darunter und überlegen uns einen Vereinsnamen.

Frankie schlägt vor: „Minnie-und-Frankie-und-Lissi-GmbH."

Und ich schlage vor: „Minnie und Frankie und Lissi und Co."

„Was ist ein Co?", will Lissi wissen.

„Das könnte zum Beispiel Wanda sein", sage ich.

Aber wir können uns nicht einigen, also wechsele ich das Thema und frage Frankie, warum sie vorhin so lachen musste, als sie mit Jenny am Computer saß.

„Wir haben etwas über Ballett recherchiert", kichert

Frankie. „Jenny ist ein Computer**GENIE**, und außerdem hat sie Mr Impey beobachtet und mir heimlich Zeichen gegeben, wenn er zu nahe kam."

„Ihr habt euch mit Ballett beschäftigt? Und Jenny hat Wache gehalten?", frage ich ungläubig.

„Ballett ist voll mein Ding", wirft Lissi ein.

„Gigantastisch", grinst Frankie. „Dann musst du mal unter www.ballet.org nachgucken."

„GENAU!", rufe ich. „Das ist eine Idee für unseren Vereinsnamen: www.minniefrankieundlissi.com."

Frankie findet den Namen absolut brillant, und um unseren neuen Namen zu feiern, kritzeln wir ein brandneues Schild:

Lissi findet es toll und knuddelt begeistert Wanda.

„Ich wünschte, ich hätte auch einen Hund“, schnieft Lissi.

„Ich auch“, seufzt Frankie.

Lissi und Frankie haben beide keinen Hund und sie singen beide gern und mögen Ballett, also haben sie eine ganze Menge gemeinsam. Außerdem haben sie beide andere Haustiere – Frankie hat ihre Hamster und Lissi hat zwei Kaninchen namens Flopsi und Mopsi.

„Wie geht es Flopsi und Mopsi?“, frage ich.

„Nicht so gut“, murmelt Lissi. „Auf dem Balkon wohnen ist nicht ihr Ding, sie brauchen einen Garten und Löwenzahn.“

„Oh“, seufze ich und wünsche, ich hätte die Kaninchen nicht erwähnt, denn nun bekommt Lissi wieder schlechte Laune.

„Ich mag Kaninchen“, sagt Frankie. „Ich habe Hamster, aber ich hätte lieber Kaninchen.“

„Ich mag Hamster“, sagt Lissi. „Haben deine Hamster schöne Namen?“

„*Bellissimo*“, kichert Frankie. „Gemma und Gemella!“

„Oh“, fiepst Lissi, die sich anscheinend nicht so sicher ist, ob das *schöne* Namen sind. Doch Frankie erklärt ihr: „Gemma heißt Edelstein und Gemella heißt Zwillingsschwester.“

Ich erzähle Lissi, dass Frankie noch eine andere Sprache spricht, nämlich ITALIENISCH, und Lissi sagt: „Meine Mutter spricht auch eine andere Sprache, nämlich Französisch. Sie spricht es immer, wenn sie mich abends anruft. **Bon** heißt gut und **bon-bon** heißt Bonbon.“

„*Très bien*“, sagt Frankie angeberisch.

Ich weiß nicht, ob es wegen dem Ballett und dem Singen ist oder weil sie beide gern einen Hund hätten, aber plötzlich ist Frankie gar nicht mehr so unfreundlich zu Lissi wie vorher. Sie erzählt ihr: „Gemma heißt Gemma, weil ihre Augen wie Edelsteine glitzern.“ Und dann, ich kann es kaum glauben, fügt sie hinzu: „Besonders wenn ich den Namen LISSI sage!“

„Du hast Gemma meinen Namen gesagt?“

„Na klar“, sagt Frankie. „Ich habe ihr erzählt, dass du fünf bist und Hamster liebst und dass du lockige schwarze Haare hast und eine Stupsnase mit Sommersprossen drauf und große braune Augen und ... und immer wenn ich ‚Lissi' sage, quiekt Gemma."

Ich will ja nicht misstrauisch sein, aber ich sehe heimlich zu Frankie hin, ob sie hinter dem Rücken die Finger gekreuzt hat. Hat sie aber nicht und Lissi lächelt und wackelt an ihrem Zahn und fragt: „Wo wohnen denn deine Hamster, Frankie?"

„In ihrem Palast", strahlt Frankie. „Er ist einfach fantastico, mit Hamsterrädern und Glöckchen und allem, und wir schlafen alle zusammen in meinem Orangenkeks-Zimmer."

„Du hast ein Orangenkeks-Zimmer? Ich habe bloß ein CHELSEA-Fußballzimmer, und Flopsi und Mopsi haben keinen Palast, sondern müssen draußen schlafen."

„Aber Kaninchen schlafen gerne draußen", protestiere ich. „Das machen sie immer. Es ist eine Spezialität von Kaninchen."

„Aber nicht auf einem Balkon", motzt Lissi. „Unser Garten hat ihnen viel besser gefallen."

Da fällt mir etwas ein, was sie aufmuntern wird, aber gerade als ich ihr meine Pläne für ihr neues Zimmer mitteilen will, quietscht Frankie laut: „Gigantastisch! Das ist es! Wie wäre es, wenn ich auf deine Kaninchen aufpasse, Lissi, und du nimmst dafür meine Hamster! Ich habe einen Garten und Gras und du könntest kommen und sie besuchen."

Jetzt sind Lissi und ich total verblüfft. Das ist nun wirklich merkwürdig, denn normalerweise würde Frankie nichts weniger wollen, als dass Lissi sie besuchen kommt. Ich bin misstrauisch, und plötzlich kommt mir der Gedanke, dass Frankie vielleicht einen schlauen Plan gemacht hat, um ihre Hamster umzusiedeln, die inzwischen nicht mehr so besonders sind wie am Anfang.

Aber die Idee ist nicht so schlecht und Lissi freut sich.

„Wir müssen Onkel Jeff fragen", sage ich.

Frankie springt unter der Decke hervor und fragt: „Kann ich mal euer Telefon benutzen, Minnie?"

„Wieso, willst du etwa Onkel Jeff anrufen?"

„Quatscht, Pudel-Nudel. Ich muss Dad anrufen ... ob er mich abholt." Sie rennt in den Flur, und während sie weg ist, erzähle ich Lissi, dass Frankies Orangenkeks-Zimmer lauter Punkte an den Wänden hat und dass ich mir ausgedacht habe, auch in ihr Zimmer Punkte zu malen.

Aber Lissi ist nicht allzu begeistert. Sie schnieft: „Ich will es lieber rosa haben und mit Hamsterbildern."

Ich überlege gerade, ob man **rosa** Hamster an die Wände malen könnte, da kommt Frankie mit einem Grinsen auf dem Gesicht zurück.

„Kann ich sie jede Woche besuchen?“, fragt Lissi, als Frankie sich wieder zu uns setzt.

„Wen willst du besuchen?“

„Flopsi und Mopsi.“

„Klar“, grinst Frankie, aber diesmal sehe ich, dass sie hinter dem Rücken die Finger kreuzt. Ich will ihr gerade zuflüstern: „Was hast du vor?“, als Dad an die Tür klopft. Er hat unser Türschild gelesen und ein eigenes Schild geschrieben, um uns nicht zu stören:

Frankie und Lissi finden das superkomisch, und Dad sagt: „Kennt ihr schon den Witz von dem Stinktier?“ Frankie sagt „Nein“ und Dad sagt: „Macht nichts, der stinkt sowieso zum Himmel!“

Frankie und Lissi kichern immer noch, als wir uns an den Gute-Manieren-Schwingtisch setzen. Nun haben sie sogar noch mehr gemeinsam, denn beide finden Dads Witze komisch und wünschten, ihre eigenen Tische und Väter wären genauso spannend wie unsere.

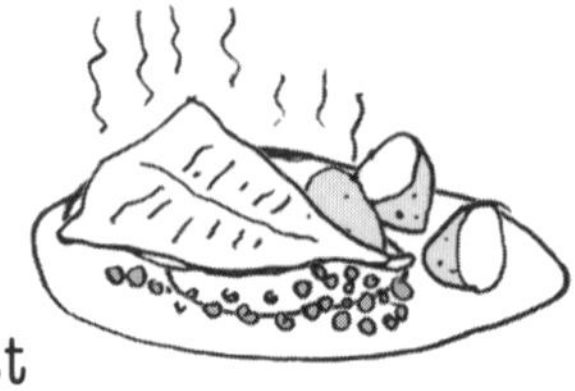

Zum Essen gibt es Forelle, und kaum hat Mum die Platte auf den Tisch gestellt, schnieft Lissi: „Fisch ist nicht mein Ding, Tante Elisabeth.“ Ich habe den Verdacht, dass Mum so etwas schon geahnt hat, denn sie antwortet unglaublich schnell: „Das ist schon OKAY, Lissi, es ist kein Fisch. Das ist Forelle.“

Frankie sieht Mum an und flüstert: „Aber Mrs Piper, eine Forelle IST ein F...“, doch ich unterbreche sie mitten im Satz, indem ich ihr ein Stück Kartoffel vom Teller klaue, das sie gerade mit Ketchup bedeckt hat.

Frankie sieht mich an, als wäre ich nicht ganz dicht, und sagt: „Was soll das, Minnie?“

Ich starre sie bedeutungsvoll an und flüstere: „Kann ich dir gerade nicht sagen.“

„Toll“, sagt Frankie beleidigt. „Da ich anscheinend immer das Falsche sage, werde ich jetzt eben gar nichts mehr sagen. Nie, nie wieder!“

Ich entschuldige mich, aber sie reagiert nicht. Ich biete ihr noch mehr Ketchup an, doch sie ignoriert mich einfach. Nach dem Essen sagt Dad, er hätte genau das Richtige für forellenessende Cousinen und Freundinnen, bei denen Funkstille herrscht.

Er geht in die Küche und kommt mit einer **rosa** gestreiften Papiertüte wieder. Darin sind drei *glänzende* Wunderkugeln. Ich liebe Wunderkugeln, obwohl man nicht sprechen kann, wenn man sie im Mund hat. Aber sie wechseln beim Lutschen die Farbe und innen drin ist Kaugummi. Wir springen alle auf, um uns eine zu schnappen, aber Dad schwenkt die Tüte über unseren Köpfen. „WARTET!", grinst er. „Ihr kriegt sie erst, wenn Nick im Bett ist. Dann habe ich wenigstens mal meine Ruhe."

Aber Frankie und ich waren schon vorher ruhig, weil wir NICHT miteinander gesprochen haben – und jetzt sollen wir NICHT NICHTS sagen wegen Dads Wunderkugeln. Als ich das Dad erkläre, sieht er mich genervt an und sagt: „Nick, ich werde die Frauen nie verstehen. Selbst dann nicht, wenn ich 109 und 53/8 Jahre alt werde."

Frankie rechnet schnell nach und sagt: „Aber dann wären Sie hundertfünfzehn und 5/8 Jahre alt."

Dad seufzt und sagt: „Du und ich, Nick. Wir beide gegen den Rest der Welt."

Frankie und ich rennen in mein Zimmer und verstecken uns im Unterwasser-Palast und Frankie flüstert: „Tut mir leid, Minnie, dass ich mich wegen der Forelle fast verplappert hätte. Jetzt habe ich verstanden, dass deine Mum Lissi überlisten wollte."

„Macht nichts“, sage ich. „Lissi ist einfach so eine mäkelige Esserin.“

Wenn man vom Teufel spricht – in diesem Moment kommt Lissi herein und fragt: „Was flüstert ihr?“

Ich kreuze die Finger hinter dem Rücken und sage: „Wir haben nicht geflüstert, wir haben uns nur überlegt, was wir jetzt machen sollen. Möchtest du denn deine Wunderkugel?“

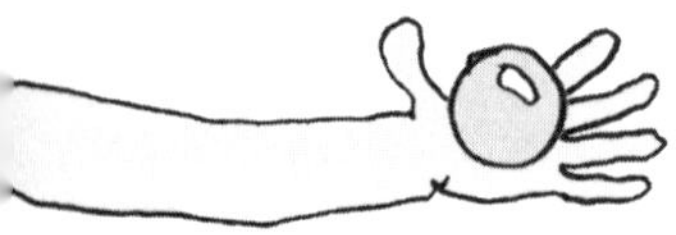

„Fällt dann mein Wackelzahn raus?“

„Nein, nur wenn du Kaubonbons isst“, lacht Frankie.

„Oh“, schnieft Lissi. Aber wir beschließen, die Süßigkeiten für später aufzubewahren und lieber zu entscheiden, was wir unternehmen könnten. „Ich mag Verkleiden und Ballett und Spagat machen und Wanda streicheln“, sagt Lissi.

Das klingt nicht besonders spannend, also sage ich: „Wie wär's, wenn wir Scharade spielen? Das ist zwar nicht auf deiner Liste, aber es macht total viel Spaß. Man muss sich Wörter ausdenken und die dann darstellen.“

„Nein danke. Scharrat ist nicht mein Ding. Ich mag bloß Verkleiden und Rolle rückwärts und Spagat machen und ...“

„... Wanda streicheln“, seufzt Frankie.

„NEIN!“, schnieft Lissi. „Ich mag außerdem noch Feen.“

„Gigantastisch!“, ruft Frankie. „Wir könnten uns auf die Suche nach der ZAHNfee machen! Und wenn wir sie finden, erzählen wir ihr, dass du einen Wackelzahn hast, Lissi.“

„Okay“, schnieft Lissi. „Aber könnten wir außerdem meinen Dad suchen, Frankie? Ich glaube, er will abhauen, genau wie Mum, denn er lässt mich immer bei Oma oder Minnie und ich sehe ihn nie.“

„Onkel Jeff wird nicht abhauen!“, lache ich. „Er muss nur abends lange arbeiten.“

„Vorher hat er nie lange gearbeitet“, schnieft Lissi. „Wenn er abhaut, habe ich niemanden mehr ... nur meine Kaninchen. Und ich muss für immer in meinem CHELSEA--Fußballzimmer bleiben!“

Sie fängt an zu weinen. Um sie zu trösten, hole ich mein Delfin-Notizbuch und einen Stift und sage: „Lass uns nach Zahnfeen Ausschau halten UND Hinweise auf Onkel Jeff suchen. Wir brauchen Beweise, Lissi. Die Wunderkugeln nehmen wir mit, damit wir besser denken können.“

Lissi hört auf zu weinen, und ich frage Mum, ob wir kurz rausgehen können. Sie antwortet: „Ja, aber nur hier in der Arthurstraße. Und bleibt nicht so lange!“

„... denn das Leben ist kurz!“, gluckst Dad. „Und zieht euch die Jacken an!“

„Wir müssen die Jacken sowieso anziehen", schnieft Lissi. „Weil wir die Jackentaschen für die Wunderkugeln und die Beweise brauchen."

„Welche BEWEISE?", will Dad wissen. „Minnie, was hast du vor?"

Ich weiß, dass Lissi es ihm unbedingt erzählen will, aber ich möchte keinen Aufstand machen (denn Dad könnte Panik bekommen, wenn er hört, dass sein Bruder abhauen will – obwohl ich nicht glaube, dass Onkel Jeff das vorhat). Also kreuze ich die Finger hinter dem Rücken und sage: „Das können wir nicht sagen, denn Beweise sind vertraulich, und das heißt geheim, und dürfen niemals jemandem verraten werden."

Und bevor Lissi sich verplappern kann, begeben wir uns auf geheime Mission.

Donnerstagabend

Luftschokolade und Beweise

Das Haus Nr. 2 in der Arthurstraße sieht ein bisschen aus wie der Buckingham-Palast. Es glänzt zwar nicht, aber es hat eine Menge Fenster und ist *riesig* groß, viele Leute wohnen darin und der Vorgarten besteht aus Beton. Allerdings stehen keine Wachen mit hohen Pelzmützen vor dem Eingang, man sieht keine Pferde und keine Leute mit Kameras, die auf die Queen warten. Stattdessen sausen die Jungs mit Fahrrädern vor dem Haus herum, es gibt streunende Katzen und Mülleimer und einige Jugendliche mit Coladosen in ihrer Hand.

In dem Haus befinden sich sechzig Wohnungen, und alle sind durch einen langen Flur verbunden, der bei Wohnung 1 beginnt und über drei Etagen und mehrere Treppen führt. Die Treppen sind aus Beton und im Treppenhaus stinkt es. Jede Wohnung hat eine Tür zum Flur und eine weitere, die auf einen Balkon führt. Wenn man den Flur entlanggeht, sind auf der einen Seite Türen, auf der anderen ist eine Außenmauer.

In Haus Nummer 2 wohne ich, außerdem Dad, Mum, Nick und Tiffany, in Nummer 1 wohnen Oma, Lissi, Onkel Jeff, Abhi und Simon und, leider leider, der schreckliche Theo.

Da wir nicht genau wissen, was wir suchen, überlege ich mir einen Plan, um Lissi bei Laune zu halten. Mein Plan sieht folgendermaßen aus: Wir fangen ganz oben in Nummer 1 an und arbeiten uns nach unten durch, wobei wir Augen und Ohren offen halten. Doch wir sind kaum im oberen Flur angekommen, da zerrt Frankie uns hinter einen Mülleimer. Lissi will protestieren, aber Frankie legt den Finger auf die Lippen und zeigt auf Theo, der in unsere Richtung geschlurft kommt. In der Hand hat er eine Tüte mit Schnecken-Schutzhelmen (Frankie und Lissi würden Schneckenhäuser sagen).

„Sei leise, Lissi“, flüstere ich. „Ich möchte nicht, dass Theo mich sieht, denn er will mit einer spitzen Nadel meine Gedanken lesen!“

„Okay“, sagt Lissi nicht gerade leise. „Glaubt ihr, er hat diese Schnecken GEGESSEN?“

„Nein, natürlich nicht“, flüstert Frankie. „Schnecken müssen mit Knoblauch gekocht werden, und Theo hat sicher keine Ahnung, wie man das macht.“

Also kauern wir zusammengedrängt hinter dem Mülleimer und beschließen, dass jetzt ein guter Zeitpunkt für die Wunderkugeln wäre, denn wenn man die im Mund hat, muss man zwangsläufig ganz still sein.

Aber es klappt nicht mit dem Versteck und den Wunderkugeln, und schon baut sich Theo vor uns auf. Er sieht so dünn aus wie eine Bohnenstange und größer als sonst, aber das liegt wahrscheinlich an seiner engen, viel zu kurzen Jeans. Zum Glück hat er vergessen, dass er meine Gedanken lesen wollte. Seine schlechten Manieren hat er allerdings nicht vergessen. Er grunzt: „Na, wer ist denn da im Müll gelandet! Hey Minnie, willst du mich ausspionieren?“

Wir sind alle drei so nervös, dass wir fast unsere Wunderkugeln runterschlucken. Also nehmen wir sie lieber raus und stecken sie schnell in die Tasche, während Theo mit seinen Schneckenhäusern beschäftigt ist. Da sagt Lissi: „Wieso liest du nicht Minnies Gedanken, Theo? Dann findest du es raus.“

Ich starre sie an und schlage ihr vor, lieber wieder

ihre Wunderkugel in den Mund zu stecken, bevor sie noch etwas sagt.

„Wir suchen bloß ...“, fängt Frankie an und guckt auffällig über die Außenmauer, um Theo abzulenken.

In diesem Moment sehe ich ein Abzeichen, das mit einer Nadel an Theos Mütze befestigt ist. „Bad & Mad“ steht darauf, und ich frage mich, ob er böse und verrückt genug ist, mir mit der Nadel in den Finger zu stechen, um meine Gedanken zu lesen. Doch zum Glück scheint er

Lissis Vorschlag nicht gehört zu haben oder sich an seine Drohung von vorhin nicht zu erinnern. Vielleicht hat er wirklich sein Gehirn evakuiert? Es ist schwer zu sagen, denn im Moment folgt er Frankies Blick über die Mauer und grunzt: „Was sucht ihr, Frankie?“

„Bweiß“, fiepst Lissi, die gehorsam wieder ihre Wunderkugel lutscht. Sie weiß nicht, dass man Theo nie die Wahrheit sagen, sondern immer nur Andeutungen machen darf. Dann ist er so verwirrt, dass er bald das Interesse verliert. Doch glücklicherweise kann sie durch die Wunderkugel im Mund nur undeutlich nuscheln, und deshalb kommt „Bweiß“ heraus anstatt „Beweise“.

Theo lässt sich leicht in die Irre führen. „Weiß?“, fragt er. „Was für ein Weiß?“

Bevor Lissi noch etwas sagen kann, erkläre ich: „Also wir interessieren uns besonders für Cremeweiß, aber das

Weiß von Mr Impeys Trainingsanzug ist auch nicht schlecht. Am wenigsten mögen wir Schneeweiß – außer bei Haaren, zum Beispiel bei der Freundin von Oma, da sieht es toll aus."

Theo starrt mich an: „Du spinnst doch total, Minnie. Ich weiß genau, dass du lügst. Hinter dem Mülleimer ist doch nix Weißes!"

„Falsch!", sage ich und fische ein Stück glänzendes weißes Schokoladenpapier aus dem stinkenden Müll, der hinter den Eimer gefallen ist. „**Vollmilch Luftschokolade**" steht darauf.

„Bein Dab isch scholche Schocholode", nuschelt Lissi hinter ihrer Wunderkugel hervor.

„Was?", knurrt Theo.

„Ihr Dad isst solche **Schokolade**", übersetzt Frankie für Lissi.

Theo gähnt, dann grunzt er: „Fettreduzierter Mist. Da kann man gleich Salat essen.“ Er schnaubt verächtlich und trottet davon, wobei er vor sich hin murmelt: „Minnie ist komplett verrückt geworden. Komplett wahnsinnig.“

Als er weg ist, fragt Lissi vorsichtig: „Isch dasch Schochopapier nn Bweiß?“

Frankie, die anscheinend vergessen hat, dass sie und Lissi so viel gemeinsam haben und sich so gut verstehen, stöhnt genervt: „Nein, natürlich nicht, Lissi. Das ist bloß ein blödes Schokopapier.“

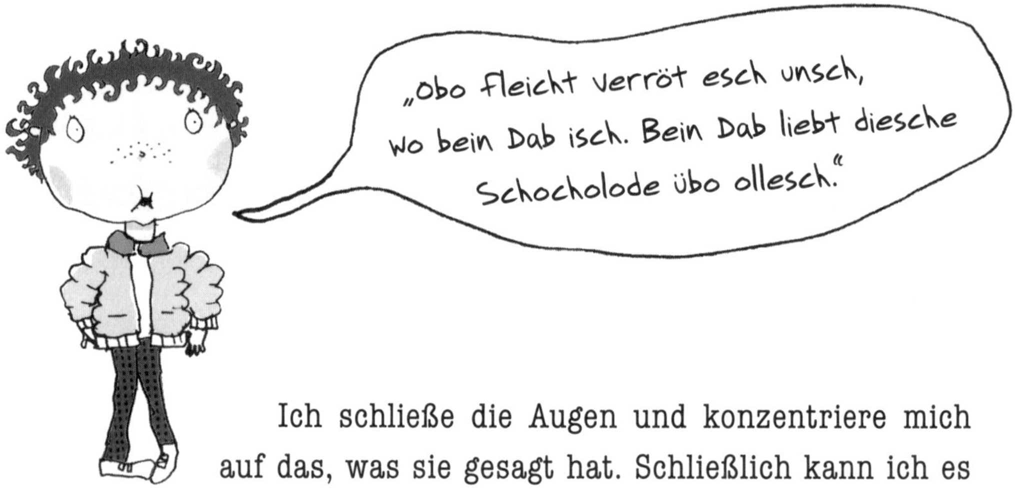

Ich schließe die Augen und konzentriere mich auf das, was sie gesagt hat. Schließlich kann ich es übersetzen: „Aber vielleicht verrät es uns, wo mein Dad ist. Mein Dad liebt diese Schokolade über alles.“ Überraschenderweise muss ich ihr recht geben. „Gut gemacht, Lissi! Ich weiß noch nicht, was es bedeutet, aber dies könnte vielleicht unser Onkel-Jeff-Beweis Nummer 1 sein.“

Ich male einen Vollmilch-Luftschokoladenriegel in mein Delfin-Notizbuch und schreibe dazu: „Onkel Jeffs Lieblingsschokolade. IST ES SEINE? Sind wir ihm endlich auf der Spur? Was hat er vor???“

„Ich hätte einfach Schokolade geschrieben“, sagt Frankie, und Lissi nuschelt: „Wonach schollen wir schetzt schuchen, Binnie? ... Oh Hilfe, Binnie, moin Tschan ischt rauschgefollen!“

Sie holt die Wunderkugel aus dem Mund und man kann ein großes Loch zwischen den Vorderzähnen sehen. Ihre Zunge ist knallblau und zittert wie Wackelpudding und in der Mitte liegt wie ein Kekskrümel ihr blutiger Zahn.

Ich schließe die Augen und versuche, den Zahn rauszuholen. Ich habe noch nie im Leben die Zunge von jemandem berührt, erst recht keine blaue und blutige Zunge. Mir wird ein bisschen schlecht, aber da habe ich den Zahn auch schon in der Hand. Ich gebe ihn Lissi.

„Danke, Minnie“, sagt Lissi. „Du bist die allerbeste Cousine der Welt. Sollen wir den Zahn Beweis Nummer 2 nennen?“

Frankie lacht, aber ich notiere den Hinweis in meinem Delfinbuch, denn alle guten Rätseldetektive machen sich Notizen. Dann nehme ich Lissis Wunderkugel und will sie gerade in ein Blatt aus meinem Notizbuch einwickeln, doch wer kommt da gerade zurück? Der stinkende, schreckliche Theo.

Frankie stöhnt und Lissi springt auf und lässt ihren Zahn fallen. Als er wie ein Würfel über den Boden kullert, grunzt Theo: „Was 'n das?“

„Mein Zahn“, schnieft Lissi.

„Jetzt nicht mehr. Wer etwas findet, darf es behalten!“ Und damit schnappt er sich den Zahn einfach unter unserer Nase weg!

„THEO!“, rufe ich. „GIB DAS ZURÜCK!“

„Was ist es denn wert?“

„50 Pence“, murmelt Lissi. „Von der Zahnfee.“

„Zahnfee?“, schnaubt Theo. „Lissi-die-Träumerin glaubt an die Zahnfee!“

„Natürlich tut sie das“, sage ich. „Nur ein Idiot würde NICHT an Feen glauben.“

„Nennst du mich einen Idioten, Minnie?“

„Kommt drauf an.“

„Auf was?“

„Ob du an Feen glaubst“, sagt Frankie.

„Natürlich nicht. Nur Mädchen glauben an Feen.“

„Das liegt daran, dass wir schlauer sind“, erkläre ich.

„Hä?“, schnauft Theo.

„Wie viele Zähne hast du?“, frage ich ihn.

„Keine Ahnung.“

„Du weißt es nicht, weil du kein Mädchen bist“, rufe ich triumphierend.“

„Zwanzig!“, ruft Frankie.

„Genau“, sage ich und hoffe, dass sie recht hat. „Zwanzig Zähne.“

„Das heißt doch gar nichts“, sagt Theo. „Was hat das denn mit Feen zu tun?“

„Geld, Theo. Harte Münze. Wir Mädchen bekommen von den Feen eine Menge Geld für unsere Zähne.“

„50 Pence!“, lacht Theo.

„Ja, aber nicht nur einmal. Zehn Vorderzähne für 50 Pence und zehn Backenzähne für 20 Pence. Das bedeutet, wir Mädchen sind am Schluss ...“

„7 Pfund reicher als ihr Jungs!“, ruft Frankie, während ich noch am Rechnen bin. „Und das heißt, wir sind fantastico schlau und du bist fantastico dumm, Theo. Deshalb ist es SCHLAU, an Feen zu glauben, und BLÖD, es nicht zu tun.“

Lissi klatscht Beifall und Theo ist verblüfft. Nachdem er seine Zähne gezählt hat, verschwindet er mit Gehirnschmerzen ... und Lissis Zahn!

„Halt!“, schreit Lissi und rennt ihm hinterher. „Wenn du nicht an Feen glaubst, gib mir meinen Zahn wieder.“

„Nein“, blökt Theo. „Er ist schließlich 50 Pence wert.“

„Aber die Zahnfee kommt nicht, wenn du nicht an sie glaubst“, ruft Lissi.

„Tja, dann GLAUBE ich an sie!“

In diesem Moment kommen Abhi und Simon auf den Flur hinaus. Theo hat sie nicht gesehen, aber Frankie. Sofort ruft sie: „An was glaubst du? Sag es uns, dann kannst du den Zahn behalten.“

„Mädchen kriegen nie genug“, stöhnt Theo. „Also bitte, ICH GLAUBE AN FEEN!“

„JA!“, rufe ich. Abhi und Simon fangen an zu lachen, und Theos Gesicht ist wirklich sehenswert, als er sich umdreht und sie den Flur entlanglaufen sieht. Sie singen: „Theo glaubt an Feen, Theo glaubt an Feen.“

Lissi und Frankie quietschen vor Begeisterung, die sich aber schnell in stummen Schrecken verwandelt, als sie Theos Gesichtsausdruck sehen. Er sieht aus, als würde er gleich **EXPLODIEREN**. Unsere einzige Hoffnung liegt darin, ihn zu bestechen. „Ich gebe dir Süßigkeiten für den Zahn“, sage ich hastig.

„Von deinen Süßigkeiten habe ich genug, Minnie.“

„Keine Karotten-Süßigkeiten“, sage ich. „Diese hier besteht zu 100 Prozent aus Zucker.“ Und damit nehme ich meine Wunderkugel aus der Tasche und schwenke sie vor seiner Nase in der Luft. Er ist so gierig und merkt nicht, dass sie schon benutzt beziehungsweise angelutscht ist!

„Zwei oder gar keine“, sagt Theo schlau.

„Na klar“, grinse ich und packe auch Lissis angelutschte Wunderkugel aus.

„Hm, marmoriert“, ruft Theo. „Das sind die besten. Ihr habt Glück, dass ich Süßigkeiten mag.“

„Großes Glück“, kichere ich. Und er schmeißt uns den Zahn hin und pöbelt: „Ich wollte ihn sowieso nicht.“

Wir atmen auf, als er endlich davonschlurft, während er sich unsere beiden Wunderkugeln auf einmal in den Mund stopft.

„Wir sollten lieber zurückgehen“, seufzt Frankie. „Wir haben deiner Mum gesagt, wir bleiben nicht lange.“

„Aber wir haben erst einen einzigen Beweis“, seufze ich. „Und der verrät uns nicht, was Onkel Jeff vorhat.“

„Und wir haben keine Zahnfee gefunden“, schnieft Lissi. „Aber ich brauche unbedingt eine, jetzt wo ich meinen Zahn verloren habe.“

„Keine Sorge“, beruhige ich sie. „Zahnfeen wissen, wann jemand einen Zahn verliert. DU musst sie nicht suchen, SIE suchen dich.“

„Können wir jetzt gehen?“ Frankie macht sich Sorgen. „Mein Dad wartet vielleicht schon.“

„Und meiner auch“, sagt Lissi.

Möglich, denke ich, während ich Lissis Zahn hole. Doch wie ich ihn kenne, kommt er mal wieder zu spät. Und wir haben keine Ahnung, wo er sich herumtreibt, UND ich hatte MAL WIEDER keine Zeit, an dem Code zu arbeiten. Aber ich drücke die Daumen, dass meine Cousine, die Klette, diesmal recht hat.

Donnerstagabend

Blinzelverrückt

Das Daumendrücken scheint geholfen zu haben, denn als wir zurückkommen, ist Onkel Jeff schon da und Fabio auch. Beide sitzen mit Mum und Dad am Gute-Manieren-Tisch und trinken Kaffee. Offensichtlich haben sie sich gerade unterhalten, aber als wir hereinkommen, wird es gespenstisch still. Zuerst befürchte ich, dass sie sauer sind, weil wir so lange draußen waren. Aber ich habe mich geirrt, denn Dad unterbricht die Stille und sagt: „Hi Mädels. Haben eure Ohren geklingelt? Wir haben über euch geredet."

„Nein", schnieft Lissi und fasst sich ans Ohr. „Aber mein Zahn ist rausgefallen."

„Ui!", lacht Onkel Jeff. „Dein erster Zahn!"

„Hat es wehgetan?", fragt Mum.

„Nicht besonders, aber ..."

„Sie hat ihn in der Tasche", unterbreche ich sie, denn ich befürchte, Lissi könnte von Theos Spielchen erzählen, und dann wird sich Mum Sorgen machen und mich nicht mehr draußen herumlaufen lassen, und Fabio wird Frankie verbieten, mich weiterhin zu besuchen. „Zeig ihnen doch mal deinen Zahn, Lissi!"

„Okay", schnieft Lissi.

„*Bambino*!", ruft Fabio, als Lissi den Zahn auf den Tisch legt. „Dieser Zahn ist so klein, dass er einer Fee gehören könnte!"

Lissi grinst ein zahnloses Grinsen und hüpft Onkel Jeff auf den Schoß. „Er GEHÖRT einer Fee", lacht Onkel Jeff. „Meiner Polka-Lissi-Fee!"

Und dann fangen alle Eltern wieder an zu reden. Das ist nett, aber sehr komisch, denn Fabio bleibt sonst nie zum Kaffee, und ich glaube nicht, dass er Onkel Jeff jemals vorher getroffen hat, und nun macht es den Eindruck, als hätten wir sie bei irgendetwas unterbrochen. Und dann, was noch merkwürdiger ist, grinst Fabio und blinzelt Frankie zu, und Frankie wird rot, und dann blinzelt Onkel Jeff Fabio zu, und Dad blinzelt Onkel Jeff zu! „Was ist los?", lache ich. „Wieso habt ihr plötzlich alle einen Blinzeltick?"

„Keine Ahnung, was du meinst“, kichert Mum.

„Wieso blinzelt ihr euch alle zu?“

„Nicht so neugierig!“, grinst Dad. „Wollt ihr euch nicht für zehn Minuten in den Unterwasser-Palast setzen?“

„Aber müssen Frankie und Lissi denn nicht nach Hause?“

„Noch nicht sofort. Wir brauchen auch nicht mehr lange.“

„Denn das Leben ist kurz“, lacht Frankie. Ich werfe ihr einen ungläubigen Blick zu, denn normalerweise macht Frankie nie solche Sprüche. Sie und Lissi gehen in mein Zimmer und alle Erwachsenen lachen.

„In der Küche sind noch Kekse, Minnie“, sagt Mum. „Nimm sie mit in dein Zimmer, ihr könnt sie euch teilen. Wir brauchen nur noch ein paar Minuten.“

„Wofür denn?“, frage ich genervt.

„Nicht so neugierig!“, ruft Dad zum zweiten Mal.

Ich koche innerlich, aber ich schnappe mir die Kekse. Als ich in mein Zimmer komme, fragt Frankie: „Minnie, hast du irgendein Papier, in das wir Lissis Zahn einpacken können?“

„Bloß Klopapier.“

„Ist es **rosa**?“, will Lissi wissen.

„Pfirsichgelb, glaube ich.“

„Mögen Feen pfirsichgelb, Frankie?“

„Klar, sie lieben es! Es ist ihre drittliebste Farbe nach Rosa und Silber.“

„Na gut“, schnieft Lissi. „Dann nehmen wir das.“

Langsam komme ich mir vor wie ein Botenmädchen, denn erst musste ich die Kekse holen und jetzt das Klopapier aus dem Badezimmerschrank. Als ich am Wohnzimmer vorbeikomme, höre ich die Erwachsenen kichern, und als ich zurückkomme, haben sie die Köpfe zusammengesteckt und flüstern, als würden sie einen geheimen Plan aushecken. Ich trödele absichtlich und versuche zu verstehen, was sie sagen, aber Frankie ruft: „Minnie, bist du ins Klo gefallen? Das dauert ja ewig.“

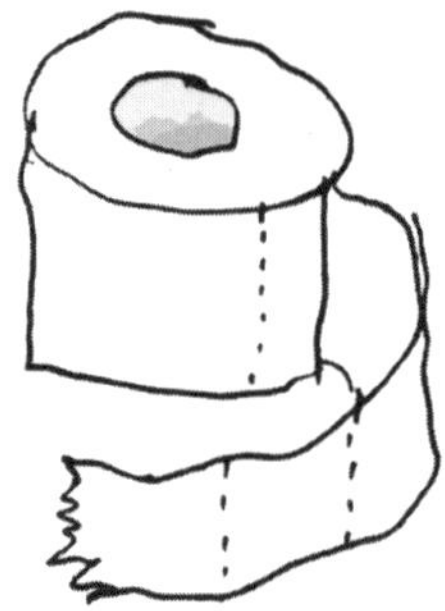

„Nein, bin ich nicht“, flüstere ich, als ich zurück in mein Zimmer komme. „Ich hab bloß versucht zu lauschen. Ich glaube, unsere Eltern haben etwas vor ... und ich vermute, du weißt, was!“

„Ich?“, grinst Frankie. „Ich hab nicht die leiseste Ahnung.“

„Aber Fabio hat dir zugezwinkert!“

„Ach, das macht er immer. Besonders wenn er mich den ganzen Tag nicht gesehen hat.“

„Erwachsene!“, seufze ich und gebe Lissi das Klopapier. „Ich werde sie nie verstehen!“

„Versuch es gar nicht erst“, sagt Frankie.

„Versuch was nicht erst?“, fragt Dad, der hinter mir den Kopf durch die Tür gesteckt hat.

„DICH zu verstehen!“, rufe ich.

„Mich?“, lacht Dad.

„Ja, DICH!“

Aber bevor ich ihn ausfragen kann, kommt Fabio. „Zeit, nach Hause zu gehen, Frankie“, sagt er und grinst.

„Du auch, Polka-Lissi“, lacht Onkel Jeff.

Aber Lissi will noch nicht gehen. „Frankie kann auf meine Kaninchen aufpassen, Dad, und ich kann ihre Hamster nehmen“, schnieft sie.

Onkel Jeff läuft plötzlich noch röter an als sonst. „Aber ... aber heute ist kein Kaninchen-Tauschtag“, stammelt er. „Heute ist Donnerstag, und Kaninchen-Tauschtage fallen nie auf einen Donnerstag.“

„An welchem Tag sind sie denn?“, will Lissi wissen.

„Kommt drauf an.“

„Auf was?“

„Auf wichtige Umstände, Lissi. Sehr, sehr wichtige Umstände.“

„Aber ... bitte, Dad“, schnieft Lissi.

„Tut mir leid, Lissi, aber die Antwort ist Nein.“

Lissi wickelt schluchzend ihren Zahn ein, und Fabio sagt, er müsse jetzt mit Frankie nach Hause fahren.

„Tschüs“, sagt Frankie. „Bis morgen.“

„Tschüs“, seufze ich.

Dann gehen auch Lissi und Onkel Jeff, und ich habe endlich Zeit, mir den Code anzusehen.

Jrtuöovjrm hö+vleimdvj. ert
fi sivj nodz- fi nodz
dvjösi imf jsdz frm vpfr
hrlmsvlz- sig frt ijt mrnrm frt
zsgrö öorhz romr ueroyügimfy,+mur-
jpö dor fot- dor odz
from hrjro,shrmzrmyütrod-

Nach allem, was passiert ist, fühlt mein Kopf sich **Schwammig** an, und ich kann mir nichts Komplizierteres ausdenken, als aus jedem A ein C zu machen und aus jedem B ein D, also einfach einen Buchstaben im Alphabet weiterzugehen als vorher. Aber genau wie das **Gummiband** in meinem Prinzessinnen-Schlafanzug scheint es nicht zu funktionieren. Also gehe ich NOCH einen Buchstaben weiter vor und mache aus jedem A ein D und aus jedem B ein E, aber auch das klappt

nicht. Ich bin kurz davor durchzudrehen, aber da rettet mich das Klingeln des Telefons.

„Frankie ist dran“, ruft Mum.

Ich habe keine Ahnung, was sie will, denn sie ist doch erst vor zwanzig Minuten gegangen.

„Minnie?“, fragt Frankie flüsternd.

„Ja, das stimmt“, flüstere ich zurück. „Warum flüsterst du? ... DU HAST DOCH NICHT ETWA DEN CODE GEKNACKT, ODER?“

„Nein“, seufzt Frankie. „Ich flüstere bloß, weil ich eigentlich nicht mit dir sprechen darf.“

„Wieso nicht?“

„Wenn Mum oder Dad fragen, dann hab ich nichts gesagt, okay?“

„Du hast doch auch nichts gesagt!“

„Darf ich ja nicht. Aber ich kann dir einen Hinweis geben. Denk drüber nach.“

„Ich denke ja schon. Ich denke, dass du komisch bist!“

„Tut mir leid, Minnie, aber findest du es nicht auch komisch, dass ein Milchmann wie Onkel Jeff abends lange arbeitet?“

„Darüber habe ich noch nie nachgedacht.“

„Das solltest du aber!“, sagt Frankie. „Jetzt gleich!“

„Im Moment versuche ich den Code zu knacken.“

„Dies hier ist wichtiger. Gigantastisch viel wichtiger.“

„Warum ist es wichtiger?“, frage ich.

Aber in diesem Moment höre ich Violetta rufen, und Frankie sagt hastig: „Ich muss auflegen ...“, und ganz leise fügt sie hinzu: „Denk darüber nach, was ich gesagt habe. Versuch das Rätsel heimlich zu lösen!“

„OKAY“, flüstere ich zurück. Frankie legt auf. Ich gehe in mein Zimmer, krabbele unter die Decke und denke, dass sie total verrückt geworden ist ... doch dann kommt mir der Gedanke, dass sie vielleicht doch RECHT hat. Es IST komisch, dass ein Milchfahrer abends lange arbeiten muss!

Ich beschließe, Oma anzurufen, denn die weiß immer Rat, wenn es um Rätsel und Geheimnisse geht. Dreißig Sekunden später bin ich wieder am Telefon und Oma sagt: „Hallo Minnie. Was macht der Code?“

„Der ist immer noch ungeknackt und hat Satzzeichen mitten in den Wörtern. Aber deshalb rufe ich nicht an.

Sag mal ... warum muss Onkel Jeff immer so lange arbeiten?“

„Ich ... ich weiß nicht so genau“, sagt Oma zögernd. Das ist sehr untypisch für Oma, denn sonst weiß sie alles!

Ich bleibe hartnäckig. „Wird Milch denn nicht morgens ausgeliefert?“

„Normalerweise ja“, sagt Oma.

In diesem Moment kommt mir Lissis Befürchtung in den Sinn. „Er haut doch nicht etwa ab, oder?“

„Nein“, lacht sie.

„Was macht er dann? Und muss er jetzt ewig so lange arbeiten? Und was ist, wenn Tante Valerie niemals wiederkommt?“

„Das sind eine Menge Fragen“, sagt Oma. „Natürlich muss er nicht ewig so lange arbeiten. Und was deinen Code angeht, hast du es schon mal rückwärts probiert? Aus jedem C ein B gemacht und aus jedem B ein A?“

„Aber was ist mit Onkel Jeff, Oma?“

„Ins Bett!“, befiehlt Mum, die auf einmal hinter mir aufgetaucht ist.

„Aber ...“

„Ins Bett!“, ruft auch Dad.

„Na gut“, seufze ich. „Nacht, Oma. Schlaf schön.“

„Gute Nacht, mein Schatz. Und danke für den Anruf.“

Inzwischen bin ich mir sicher, dass irgendwas im

Busch ist. Aber ich weiß nicht, was, und während ich meinen Prinzessinnen-Schlafanzug anziehe, denke ich über Milchlieferungen nach und über zwinkernde Eltern und Lissis Zahn und Zahnfeen und Wunderkugeln und den schrecklichen Theo und Codes und Beweise und Luftschokolade und ... mir wird alles zu viel, ich falle auf mein Bett, ziehe mir die Decke über den Kopf und vergesse, dass wir als Hausaufgabe an Evakuierung denken sollten.

Mum kommt herein und fragt: „Wie war mein Karottenkuchen?"

„Theo ist davon schlecht geworden."

„Wirklich?", fragt Dad, der ihr über die Schulter sieht.

„Wieso habt ihr euch vorhin alle zugeblinzelt?", versuche ich es noch einmal.

„Nicht so neugierig!", gluckst Dad.

„Grrr", knurre ich. „Aber wieso arbeitet Onkel Jeff so lange?"

„Weil ...", sagt Mum. „Erwachsene arbeiten nun mal lange, Minnie. Dad und ich arbeiten auch noch: Dad an seinem Motorrad und ich ... ich mache Yoga."

Aber inzwischen ist mein Verstand wieder wacher geworden. „Du hast aber deine Malschürze an!", sage ich zu Mum. „Darin machst du doch wohl kein Yoga, oder?"
„Vielleicht doch", lächelt sie.

Aber ich weiß, dass sie das nicht tut. Vielleicht malt

sie etwas für Nick, für sein Dschungel-Safari-Zimmer. „Ist es ein Tiger oder ein Affe?“, frage ich.

„Wirst du schon sehen“, lächelt Mum und macht das Licht aus.

„Aber warum könnt ihr es mir nicht sagen?“

„Wirst du schon sehen“, antwortet Mum, und ich frage mich, ob sie vielleicht einen Papagei malt. Wenn nicht, klingt sie jedenfalls wie einer.

„UUUUAAAAAHHH!“, schreie ich. „Ihr habt ALLE irgendwas vor! Das weiß ich GENAU!“

„Pst“, flüstert Mum. „Du weckst Nick auf.“

„IST MIR EGAL! ICH HOFFE, ER LÄSST EUCH DIE GANZE NACHT NICHT SCHLAFEN!“ Ich drehe mich von ihnen weg und verstecke mein Gesicht im Kopfkissen. Ich will sie keinen Moment länger sehen.

„Nacht, Minnie“, flüstern Mum und Dad.

Aber ich antworte nicht, sondern schließe die Augen und zähle bis tausend, und als ich bei tausendundeins angekommen bin, traue ich mich zu gucken. Sie sind beide weg. Ich hämmere an die Wand, und Wanda steckt den Kopf durch die Tür. Heute klopfe ich nicht auf meine Decke, sondern stehe auf und nehme sie auf den Arm. Dann schlage ich die Tür zu und stopfe meine Jacke in den Türspalt, sodass das Licht vom Flur nicht mehr zu sehen ist. Als wäre alles nicht schon schlimm genug, rutscht in diesem Moment meine gummibandlose Schlafanzughose runter und schlottert mir um die Knöchel!

„AM BESTEN WÄRE ES, ICH WÜRDE JETZT SOFORT EVAKUIERT!", schreie ich Wanda ins Ohr. „Ich würde kein bisschen weinen!"

☆ ☆ ☆

Dann liege ich zehn Minuten lang im Dunkeln und versuche mir vorzustellen, dass ich Mum und Dad verlassen muss und mit einem Zug aufs Land fahre. Doch der Gedanke macht mich nicht im Geringsten traurig und ich sehe mich am Fenster sitzen und ihnen zum Abschied fröhlich zuwinken. „Schön, euch los zu sein!", rufe ich.

Danach verkrieche ich mich unter der Decke und knipse mein Nachtlicht an. Dabei muss ich aufpassen,

Wanda nicht zu wecken, denn obwohl ich ihr noch nicht das geheime Signal gegeben habe, schläft sie schon. Sie ist eine hoffnungslose Geheimagentin! Dann mache mich daran, Mr Impeys unmöglichen Code zu knacken.

Jrtuöovjrm hö+vleimdvj. ert
fi sivj nodz- fi nodz
dvjösi imf jsdz frm vpfr
hrlmsvlz- sig frt ijt mrnrm frt
zsgr orhz romr ueroyügimfy,+
mur-jpö dor fot- dor odz
from hrjro,shrmzrmyütrod-

Es ist mir egal, ob es die ganze Nacht dauert, ich werde so lange aufbleiben, bis ich es geschafft habe! Ich blinzele und kritzele und kritzele und blinzele, während ich es nach Omas Vorschlag rückwärts versuche, aber es ist nicht zu glauben – es funktioniert nicht!

Denn ...

lqstänuiql gä+ukdhlcui. Dqs eh rhui
mncy- eh mncy cuiärh hle ircy eql
uoeq gqklruky- rhf eqs his lqmql eqs
yrfq nqgy qnlq tdqnxöfhlex,+ltq-
ioä cnq ens- cnq ncy eqnl
gqiqn,rgqlyqlxösqnc-

... bedeutet gar nichts!

Erschöpft versuche ich es noch einmal, für den Fall, dass ich mich verschrieben habe, aber Lichtjahre später bekomme ich wieder dasselbe heraus. Ich sehe auf die Uhr – es ist zehn vor zwölf! Normalerweise bleibe ich nie und nimmer so lange auf, außer bei Pyjamapartys, und jetzt bin ich so müde, dass mir fast schlecht wird. Nach der ganzen Anstrengung hat es rückwärts nicht funktioniert, obwohl ich total sicher war, dass es diesmal klappt. Oma hat einen Fehler gemacht, und das ist sehr untypisch für sie. Oma hat sonst immer recht!

Freitag in der Schule

Drachen und Theos Mutter

Ich mag Freitage, denn Freitag ist fast Samstag, und samstags muss ich Theo nicht sehen. Aber dieser Freitag ist etwas ganz Besonderes, denn

a) Frankie schenkt mir eine fahnenschwenkend schicke rot-weiß-grüne Minelli's-Tüte als Ersatz für den Bioladen-Beutel.

b) In der Tüte befindet sich ein cooles Sandwich, das aussieht wie ein plattes Baguette und mit Salami, Schinken und Salat gefüllt ist.

c) Niemand hat den Code geknackt und

d) Superhirn Jenny ist kurz davor aufzugeben!

Aber Mr Impey (der seinen schwarzen Freitags-Trainingsanzug trägt) ist darüber nicht so glücklich und versucht uns zum Codeknacken zu überreden, indem er mit vier Murmeln jongliert und uns diese und noch sechs mehr für den Murmeltopf verspricht, wenn wir es schaffen, die Aufgabe zu lösen.

Theo fragt, ob er auch mal jonglieren darf, aber schon nach einer Sekunde fallen ihm die Murmeln aus der Hand und rollen unter unsere Tische. Mr Impey lacht und tanzt rückwärts durch den Raum. Dabei trillert er: „Rückwärts denken, Windpocken-Klasse! Rückwärts denken!"

„Aber ich habe es schon rückwärts versucht, Mr Impey. Es hat nicht funktioniert und ..."

Bevor ich den Satz beenden kann, kommt Grummel-Huber herein und sagt, Mr Impey soll in sein Büro kommen und wir sollen solange unsere Aufgabe über Enigma fertig machen. Ich bin schon fertig, also kritzele ich einen Zettel für Frankie:

Ich glaube, du hast recht – schon komisch, dass ein Milchfahrer wie Onkel Jeff jemals lange arbeiten muss.

Frankie nimmt den Zettel und schreibt **10/10** Punkte darauf, und dann malt sie noch etwas, das aussieht wie ein **rosa** Kaninchen mit Flügeln. Wahrscheinlich soll es eine Fee sein. Ich male drei rote Fragezeichen ??? und kritzele: „Bist du Enigma?"

„Nein, du Wischmopp!", schreibt Frankie zurück. „Du musst es durch die **rosa** Brille sehen!"

Aber ich weiß nicht, was ich durch die rosa Brille sehen soll. Im Moment kann ich nur rotsehen, denn ich weiß genau, DASS IRGENDETWAS IM GANGE IST!

☆ ☆ ☆

In der Pause stoßen wir auf Lissi, die ganz allein Himmel und Hölle spielt.

„Ist die Zahnfee letzte Nacht gekommen?", fragen wir sie.

„Nein", schnieft Lissi. „Ich habe den Zahn auf mein Bett gelegt, und plötzlich war er weg. Also konnte ich ihn nicht unters Kopfkissen legen, und jetzt wird die Zahnfee niemals kommen."

„Oje", sage ich, und bevor ich noch etwas hinzufügen kann, schlägt Frankie vor: „Wollen wir nicht die Hamster im Streichelzoo besuchen? Das wird dich aufheitern, Lissi."

Mich wird es zwar nicht aufheitern, aber ich komme trotzdem mit und warte vor dem Käfig. Ich kann hören, dass es Lissi schon besser geht, denn sie kichert laut und fröhlich. Und Frankie lacht, weil der Hamster Millicent in Lissis Pulloverärmel gekrochen und am Halsausschnitt wieder herausgekommen ist.

„Siehst du“, sagt Frankie. „Ich hab dir doch gesagt, dass Hamster gigantastisch sind. Kaninchen können so was nicht.“

Als Frankie herauskommt, flüstere ich ihr zu: „Du solltest so etwas nicht sagen. Sag lieber etwas Gutes über Kaninchen, nicht über Hamster. Onkel Jeff wird dem Hamstertausch niemals zustimmen.“

Aber Frankie lacht bloß und flüstert: „Denk daran, was deine Mum immer sagt, Minnie. Sag niemals nie!“

☆ ☆ ☆

Nach der Pause treffen wir Lissi SCHON WIEDER. Ich habe das Gefühl, sie hängt mit unsichtbaren Klettverschlüssen an mir fest. Jetzt sitzt sie neben mir in der Versammlungshalle, wo die halbe Schule an einem riesigen Drachen arbeitet. Es soll eine Collage vom heiligen Georg und dem Drachen werden, die über den ganzen Schulflur läuft. Das Ganze war Mr Impeys Idee. Der Drache soll einen langen, gewundenen Schwanz haben und jeder malt einen Teil davon. Am Schluss werden dann alle Teile zu einem gigantastisch riesigen Drachen zusammengesetzt.

Auch ein paar Eltern sind gekommen, um zu helfen. Mum nicht, denn sie muss freitags arbeiten, aber Theos Mutter rennt so eifrig herum wie Picasso persönlich (wahrscheinlich versucht sie Theos schlechtes Benehmen in der Schule wiedergutzumachen). Theo spricht nicht mit ihr, aber ich frage sie, ob mein Tisch ein Glas Wasser haben kann, und sie wuselt sofort davon, um es zu holen.

Grummel-Huber kommt neugierig herein, aber ich versuche ihn zu ignorieren und konzentriere mich auf mein lila Drachenstück. Frankie malt ihren Teil in Silber, und Lissi, die über ihren Zahn nachgedacht hat, hat nicht gehört, was Mr Impey gesagt hat, und malt kein Drachenstück, sondern einen ganzen Drachen!

„Lissi träumt, sie wäre im Feenland", kichert Frankie.

„Sie ist mit dem Kopf in den Wolken", kichere ich zurück.

„Nein", widerspricht Frankie. „Sie ist im Feenland!"

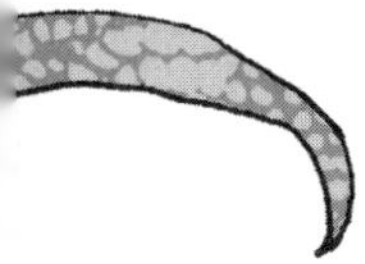

„Wenn du meinst", seufze ich. Und Mr Impey faucht wie ein Drache und erinnert uns daran, dass unsere Bilder Feuer spuckend wild aussehen sollen. Lissi hat keine Probleme damit, denn sie ist sowieso wütend wegen ihres verlorenen Zahns. Sie malt den grimmigsten Drachen, den Grummel-Huber während seiner neunundzwanzigjährigen Zeit als Lehrer gesehen hat.

Er hält das Bild hoch, damit ihn alle sehen können, und sagt, er würde ihn einrahmen. Dann wischt er sich die Stirn mit seinem weißen Taschentuch und weist Mrs Elliot an, den Feuerlöscher zu holen, falls der Drache zum Leben erwacht. (Ich bin sicher, wenn Theos Mutter nicht dagewesen wäre, hätte Theo den Feuerlöscher geholt und uns alle angesprüht, nur zur Sicherheit.)

Es klingelt zum Ende des Unterrichts, und wir gehen alle zurück in die Klasse, um unsere Sachen zu holen. Mr Impey lächelt und sagt: „Viel Spaß und schönes Wochenende, Windpocken! Und vergesst nicht, an dem Code zu arbeiten!"

„Nein, Mr Impey", sagen wir im Chor, und ich sage: „Tschüs, Frankie. Denk daran, mich heute Abend anzurufen."

Frankie zwinkert und sagt: „Mach ich, wenn ich nicht gerade im Feenland bin." Lissi taucht auf, und Frankie saust mit Superhirn Jenny, die ihr die Ohren vollquatscht, aus dem Schultor. Ich rufe hinter ihr her, aber sie hört mich nicht. Sie ist zu beschäftigt, mit dem Superhirn zu reden und zu lachen, und ich bleibe mit meiner Klette zurück.

Schreibblockaden und geräucherte Heringe

Oma und Nick warten mit Wanda vor dem Schultor. Nick gluckst und Lissi gibt ihm einen Kuss und wir beide sagen: „Hallo Oma ... hallo Nick ... hallo Wanda."

Lissi nimmt Wandas Leine in die Hand und erzählt: „Ich habe meinen Zahn verloren, Oma."

„Oh, wie erwachsen", sagt Oma und lächelt. „Ist die Zahnfee gekommen?"

„Nein", schnieft Lissi.

„Oje", sagt Oma und wirft einen Blick auf Lissis Zahnlücke. „Normalerweise sind die Zahnfeen in der Arthurstraße immer so zuverlässig."

„Wirklich?", sagt Lissi. „Ich dachte, sie mögen vielleicht unsere Wohnung nicht, weil sie nicht hübsch genug ist, und Feen mögen doch nur schöne Sachen."

„Quatsch", sagt Oma. „Weißt du, es gibt jede Menge Zahnfeen in der Arthurstraße. Ich habe gesehen, wie sie 50-Pence-Münzen mit einem Staubwedel und Feenstaub poliert haben."

„Aber bei mir ist nichts **rosa**", sagt Lissi besorgt." Auf den Wänden steht CHELSEA FC über alles, deshalb denkt die Zahnfee vielleicht, ich wäre ein Junge – und Jungen mögen Feen nicht so gern."

„Darüber würde ich mir keine Gedanken machen", grinst Oma. „Wieso wünschst du dir nicht etwas ROSAfarbenes?"

Und entweder hat sie etwas ins Auge bekommen oder sie hat heimlich Nick zugeblinzelt. Was auch immer, sie benimmt sich auf jeden Fall verdächtig ... genau wie Frankie vorhin ... und Mum und Dad und Onkel Jeff und Fabio gestern Abend ... und wie Onkel Jeff jeden Abend!

Eigentlich kann ich mich auf Oma immer verlassen, aber im Moment bin ich mir nicht mehr so sicher ... und beschließe, dass ich undercover gehen muss, um heimlich herauszufinden, was da los ist.

☆ ☆ ☆

Als wir in Omas Wohnung kommen, frage ich sie: „Hast du eine Tischdecke, Oma? Lissi und ich müssen ein Rätsel lösen, und du sagst ja immer, das geht am besten im Verborgenen."

„Ach jaaaa?", fragt Oma misstrauisch. „Was denn für ein Rätsel, Schatz?"

Ich habe das deutliche Gefühl, dass Oma auch rätselt und sich fragt, was ich vorhabe. Aber ich will nichts verraten, also sage ich nur: „Mein geheimer Code natürlich!"

„Natürlich", sagt sie und lächelt. „Kommt mit."

Sie nimmt uns mit in die Küche und legt ihre zweitgrößte Tischdecke über den Tisch, die an zwei Seiten bis zum Boden herunterhängt, aber an den anderen ein bisschen zu kurz ist.

Dann stellt sie ihren kleinen Fernseher an, der in einer Ecke der Küche steht. Der Ton ist abgestellt, weil Nick und Wanda schlafen, aber das macht nichts, denn es läuft „Wortsalat", und Oma kann die Anagramme sehen und, was noch wichtiger ist, Jonny Clever.

„Kommt Onkel Jeff denn heute auch zum Essen?", frage ich, als ich mich mit Lissi unter dem Tisch verstecke.

„Nein, er muss heute lange arbeiten."

Ich hole mein Notizbuch aus der Minelli's-Tüte und kritzele: „FREITAG: Onkel Jeff arbeitet schon wieder lange!" Dann gebe ich Lissi ein Zeichen, mucksmäuschenstill zu sein, und sage: „Das Milchgeschäft läuft wohl ziemlich gut im Moment, oder, Oma?"

„Meinst du?", fragt Oma, die gerade Kartoffeln schält und mit einem Auge Jonny Clever beobachtet. Und plötzlich ruft sie „UNSINN!", und zwar so laut, dass Lissi und ich unter der Tischdecke hervorgucken, ob Nick aufgewacht ist. Aber der ist noch immer friedlich im Traumland unterwegs und Oma flüstert: „Tut mir leid, aber ich habe gerade ein Wort mit sechs Buchstaben gefunden."

„Welches?", will ich wissen.

„UNSINN!", lacht Oma. „U.N.S.I.N.N. Und die dumme Frau im Fernsehen hat nur INNIG."

„Wie wäre es mit UNSINNIG?", sage ich. „Das hat sogar acht Buchstaben!"

„Sehr gut, Schatz!", lobt Oma. „Kommst du mit dem Code auch so gut voran?"

„Nein, nicht wirklich. Es ist einfach zu kompliziert, und rückwärts, wie du gesagt hast, funktioniert es auch nicht."

„Schade“, sagt Oma. Ich stecke meinen Kopf unter der Decke hervor und frage sie, ob sie noch mehr Einfälle hat. „Ja, habe ich tatsächlich“, sagt sie. „Und zwar einen, der mit Lissis verschwundenem Zahn zu tun hat.“

„Wirklich?“, quietscht Lissi laut und schießt sofort unter dem Tisch hervor.

„Ja“, sagt Oma. „Minnie könnte der Zahnfee ein Gedicht schreiben. Zahnfeen mögen Gedichte, besonders die Zahnfeen in der Arthurstraße. Sie erfinden Melodien dazu, und während sie die Zähne einsammeln, tanzen sie zu der Musik.“

„Ehrlich?“, quietscht Lissi.

„Na klar.“

„Super!“, strahlt Lissi. „Schreib ein Gedicht für mich, Minnie!“

„OKAY, mal sehn ... aber was soll drinstehn?“

„War das schon alles?“, fragt Oma und lacht. Lissi sieht besorgt aus, aber ich versichere ihr, dass das noch nicht alles war. Ich starre auf mein Delfin-Notizbuch und überlege.

Ich probiere es mit:

Zahnfee, Zahnfee, wo bist du gewesen?
Warst du vielleicht bei den Chinesen?
Lissi braucht dich wirklich sehr.
Komm doch bitte schnellstens her!

„Das ist vielleicht ein kleines bisschen vorwurfsvoll, Schatz“, sagt Oma. „Wenn du etwas von einer Fee willst, musst du so höflich sein, wie du kannst!“

Aber mein nächstes Gedicht ist noch schlimmer:

Lissi ist sehr traurig,
weißt du nicht einen Trick?
Sie hat den Zahn verloren
und hat keinen Bruder wie Nick.

„Ich mag gar keine Brüder“, schnieft Lissi.

„Aber Nick magst du doch!“

„Ja, aber er ist nicht mein Bruder.“

„Tut mir leid, Lissi, aber etwas Besseres fällt mir im Moment nicht ein.“

„Du hast eine Schreibblockade, Minnie“, sagt Oma. „Da helfen geräucherte Heringe.“

„So ein Glück!“, ruft Lissi. „Es gibt zufällig geräucherte Heringe zum Essen!“ Und obwohl Fisch eigentlich nicht „Lissis Ding“ ist, verputzt sie ihre Portion schneller als ich. Als unsere Teller leer sind, fällt mir tatsächlich mein Gedicht ein!

„DIE GERÄUCHERTEN HERINGE HABEN GEHOLFEN!“, quieke ich. „Ich hab's, Lissi!“

„Hab ich dir doch gesagt!“, lächelt Oma. Und während ich mein Gedicht aufschreibe, füttert sie Nick mit Erbsen und singt dazu: „Hier kommt ein grünes Motorrad, mach das Garagentor auf!“

Liebe Zahnfee,

Lissi ist sehr traurig, sie hat
ein Loch im Mund.
Der Zahn, der ist verschwunden, und sie
hat keinen Hund.
Ihre Mama ist in Frankreich,
und das ist gar nicht nett,
denn Lissi vermisst sie wirklich sehr,
sogar beim Ballett.
Lissi ist sehr gelenkig, sie kann
Spagat und so, sie wünscht sich Spitzenschuhe,
dann tanzt sie und ist froh.

PS: Spitzenschuhe sind die Schuhe,
in denen Ballerinas ihre Pirouetten
drehen. Lissi wird sehr bald welche brauchen.

Vielen, vielen Dank, wir glauben ganz fest an dich!
Mit höflichen und hoffnungsvollen Grüßen,

Minnie und Lissi Pfeifer
XXXX X

„Woher weißt du, dass ich mir Spitzenschuhe wünsche?“, fragt Lissi erstaunt.

„Allerbeste Cousinen wissen so was. Aber du kannst sie jetzt noch nicht tragen, erst wenn du so groß bist wie Frankie. Solange musst du noch warten.“

„Ja, aber ich könnte sie mir angucken“, schnieft Lissi. „Ich würde sie neben meinem Bett aufhängen und dann könnte ich im Traum tanzen.“

„Das ist eine gute Idee“, sagt Oma. Sie hebt Lissi auf ihre Knie und knuddelt sie zusammen mit Nick. „Ich weiß, dass du deine Mum vermisst, Lissi, aber sie denkt immer an dich. Das hat sie mir in einem Brief geschrieben.“

„Ehrlich?“, grinst Lissi. „Kann ich ihr auch einen Brief schreiben?“

„Natürlich“, sagt Oma. „Minnie wird dir dabei helfen, okay, Schatz?“ Dann sagt sie zu mir: „Dein Feengedicht ist brillant. Ich wusste, die geräucherten Heringe sind genau das Richtige.“

„Ich liebe Fisch!“, strahlt Lissi. „Ich werde ab jetzt immer und immer Fisch essen!“

Freitag nach der Schule

Wie ein Goldfisch

Bevor ich mit dem Brief anfangen kann, steckt Onkel Jeff seinen Kopf durch die Tür und trompetet: „Überraschung, Polka-Lissi!“

„Dad!“, quiekt Lissi und rennt zu ihm.

„Mach die Augen zu, Lissi. Wenn du die Augen offen hast, gibt es keine Überraschung!“

„Was ist es denn?“

„Wirst du gleich sehen. Halt die Hand auf und bleib stocksteif stehen.“

Lissi steht so still, wie sie kann (aber nicht so still wie ein Stock), und Onkel Jeff legt ihr das kleinste Geschenk in die Hand, das ich je gesehen habe. Es ist in **rosa** Papier eingewickelt und hat eine *minikleine* Schleife, die aussieht, als hätte sie eine Fee gebunden.

„Augen auf!“, strahlt Onkel Jeff und Lissi blinzelt und guckt ihr Geschenk an. Dann zieht sie die Schleife auf und wickelt das Papier aus, und darin, in Watte eingepackt, liegt ...

„MEIN ZAHN!“, ruft Lissi. „Du hast meinen Zahn gefunden! Wo war er denn?“

„Unter deinem Bett“, lacht Onkel Jeff. „Rechts neben

einem Spinnenbein und nicht weit entfernt von einem Stück pfirsichfarbenem Klopapier."

Lissi quietscht vor Freude. „Das ist das Papier, in das ich ihn eingepackt hatte! Danke, Dad! Musst du heute wieder lange arbeiten?"

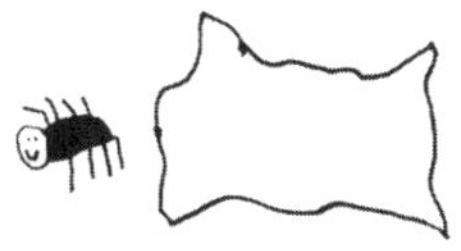

„Nein, heute nicht. Ich dachte, du freust dich, wenn ich mal früher komme. Weil heute Freitag ist."

„Klar freue ich mich!", ruft Lissi. „Aber wir können noch nicht sofort gehen, weil Minnie mir noch helfen muss, einen Brief an Mum zu schreiben."

„Ach so", sagt Onkel Jeff. „Dann könnte Minnie ja vielleicht mit uns mitkommen? Und vielleicht sogar bei uns übernachten?"

„AU JA!", quietscht Lissi.

Ich versuche zu lächeln, aber eigentlich habe ich Lissi in letzter Zeit schon oft genug gesehen. Ich möchte lieber an meinem Code arbeiten und außerdem wollte Frankie mich anrufen. Aber Lissi freut sich so und erzählt Onkel Jeff, ich wäre ihre allerbeste Cousine, sodass ich mich ganz mies fühle und mich verdächtig-heimlich-hinterhältig das Gefühl beschleicht, ich könnte Ja sagen.

„Fantastisch", sagt Onkel Jeff, als ich nicke.

„Aber ich muss schnell nach Hause, um meine Sachen zu holen."

„Natürlich, Schatz", sagt Oma.

Als Onkel Jeff mir und Nick in den Fahrstuhl hilft, der käsefüßig stinkt und noch ekliger als die Treppe ist, bekomme ich schlechte Laune. Ich ärgere mich, dass ich nicht NEIN gesagt habe. Jetzt muss ich wieder versuchen, nett zu sein, aber erst einmal versuche ich, Zeit zu gewinnen. So langsam wie eine Schnecke schlurfe ich mit Nick und Wanda durch den Hof und in unseren Fahrstuhl, aber als ich im dritten Stock ankomme, habe ich immer noch schlechte Laune. „Hallo Mum ...“, sage ich missmutig. „Hallo Dad ...“

„Minnie?“, fragt Dad. „Was machst du denn hier? Ich dachte, du übernachtest heute bei Lissi?“

„Komischer Gedanke“, zwinkert Mum.

Dad sieht verwirrt aus, zwinkert dann aber zurück.

„STOPP!“, schreie ich. „Wieso zwinkert ihr schon wieder? Und überhaupt, Dad, woher wusstest du, dass ich heute bei Lissi übernachte? Onkel Jeff hat mich gerade erst gefragt, und es klang so, als wäre es nicht geplant ...“

„War es auch nicht“, sagt Dad. „Es war ein spontaner Gedanke, ein plötzlicher Einfall, und ...“

„Und woher wusstest du es dann?“

„Ich ... äh ... wusste es ja gar nicht“, stottert Dad. „Aber ...“

„Das ist ja nett“, unterbricht Mum. „Dass Onkel Jeff dich eingeladen hat.“

„Ich bin Lissis allerbeste Cousine und versuche nett zu sein, aber warum wechselst du das Thema? Irgendwas ist im Gange, ihr sprecht in Rätseln und selbst Oma benimmt sich komisch. Sogar Frankie! ... Und woher wusstet ihr, dass ich bei Lissi übernachte?“

„Weil“, sagt Mum, zieht die Stirn in Falten, kratzt sich am Kopf und grinst. „Ach ja – Onkel Jeff hat mir erzählt, dass er Lissis Zahn gefunden hat.“

„Und?“

„Und ... und deshalb dachten Dad und ich ...“

„Was dachtet ihr?“

„Wir ... wir dachten, Onkel Jeff hat Angst, dass sie ihn wieder verliert. Und er könnte sich vielleicht überlegen, dass es besser wäre, wenn du da bist und darauf aufpasst. Ich glaube, du solltest jetzt mal losgehen. Lissi ist bestimmt schon sehr aufgeregt.“

„Mmmmmm“, grummele ich. „Aber danach brauche ich unbedingt etwas Lissi-freie Zeit, denn ich VERSUCHE EINEN CODE ZU KNACKEN!“

Ich schnappe mir schnell mein Nachhemd, und dann ziehe ich die Schuluniform aus und meine Wilde-Raupen-Strumpfhose an, außerdem den roten Cordrock und ein neues T-Shirt, das Mum für mich gekauft hat. (Es ist lila mit einem roten Herz und langen roten Ärmeln und komischerweise passt es sogar.) Ausnahmsweise bin ich mit meinem Aussehen zufrieden und kann es gar nicht erwarten, dass Frankie mich sieht. Das erinnert mich daran, dass sie anrufen wollte. „Hat Frankie angerufen?“, frage ich Mum.

„Ich glaube nicht“, antwortet Mum mir.

Ich renne zum Telefon und tippe ihre Nummer ein. Nero ist dran und sagt: „Hallo Minnie“, und ich schnappe nach Luft wie ein Goldfisch und stammele: „Kann ich bitte Frankie sprechen?“

„Tut mir leid, Minnie, sie ist nicht da. Sie wollte eine neue Freundin besuchen, glaube ich.“

„Ach so“, murmele ich. „D-d-danke, Nero.“ Ich lege auf und bekomme einen trockenen Mund vor lauter Panik. Meine allerbeste Freundin hat eine neue Freundin. Sie muss etwas ganz Besonderes sein, denn Frankie besucht sie, anstatt mich anzurufen. Frankie hat mir nichts von ihr erzählt, und geheime Freunde sind immer etwas Besonderes. Ich erinnere mich, wie ich ihr vor einigen

Stunden hinterhergerufen habe und sie mich nicht gehört hat, weil sie mit Superhirn Jenny zu beschäftigt war. Ich habe es kommen sehen, und es ist alles Lissis Schuld! Wer möchte denn mit jemandem befreundet sein, der eine Klette als Cousine hat?

„Alles in Ordnung, Minnie?“, fragt Mum.

Ich ziehe die Schultern hoch und lasse mich aufs Sofa fallen.

„Wie geht es Frankie denn?“

„Sie ist nicht da, sie besucht eine Freundin.“

„Oje“, sagt Dad und zwinkert Mum zu. Mum stupst ihn an und beide fangen an zu lachen.

„Das ist nicht komisch!“, sage ich. „Hört auf zu zwinkern!“ Und bevor ich anfange zu weinen, gehe ich lieber schnell zur Tür und murmele: „Tschüs dann, bis morgen.“

Ich laufe die zweiundvierzig Stufen herunter mit meiner Zahnbürste und dem Nachthemd in der Minelli's-Tüte und kann an nichts anderes denken als an Frankies neue Freundin. Aber bevor ich mir überlegen kann, wer es ist, stehe ich vor der Tür zu Lissis Wohnung. Sie hat die Nummer 13, was für manche eine Unglückszahl ist.

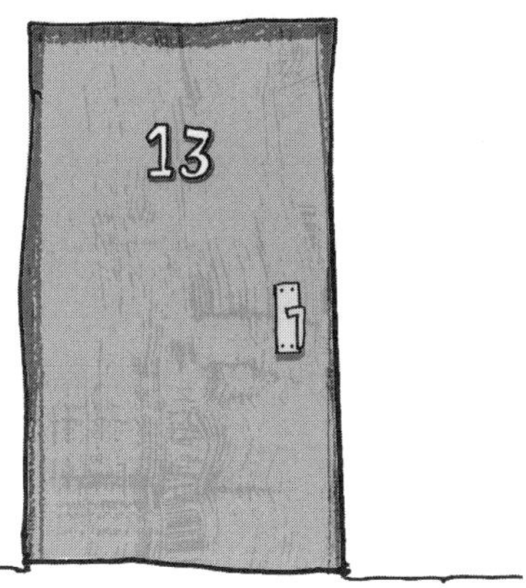

Freitagabend

Rosa Überraschungen

Ich beschließe, Frankie aus meinen Gedanken zu verbannen. Wenn sie sich mit ihrer neuen Freundin amüsiert, dann kann ich das auch. Während wir zu Lissis Zimmer gehen, versuche ich mir vorzustellen, dass Lissi meine Freundin ist. Gerade will ich ihr sagen, dass ihr Zimmer vielleicht gar nicht so schlecht wäre, wenn sie ihren Namen von „Lissi“ in „Chelsea“ ändern würde, da ruft sie: „Mein Bett ist gewachsen!“

Das ist es tatsächlich, denn dort, in Lissis winziges Zimmer gequetscht, steht ein riesengroßes Bett.

„Oje“, schnieft Lissi. „Als Dad mir ein neues Bett versprochen hat, habe ich es mir nicht so groß vorgestellt. Jetzt habe ich keinen Platz mehr, um Ballett zu üben, und werde nie die Pirouette lernen.“

„Aber es ist ein super Trampolin“, sage ich und hüpfe auf die weiche Matratze.

„Hm“, schnieft Lissi, aber als sie auch auf das Bett klettern will, klingelt es an der Tür und Onkel Jeff ruft: „Kannst du hingehen, Lissi?“

Lissi sieht mich ängstlich an, also gehe ich. Ich hüpfe vom Bett und Lissi folgt mir wie ein Schatten. Vor der Tür steht zu unserer Überraschung niemand anderes als Frankie! Sie ist fast vollständig von einem riesigen Paket verdeckt, das mit einem Tuch verhängt ist. Aber es ist ganz sicher Frankie, denn zu ihren Füßen steht die allerschönste Tasche, die ich je gesehen habe, mit violetten und lila Herzen drauf. So eine Tasche kann nur Frankie gehören. Ich bin sprachlos und Frankie kichert: „Wollt ihr mich nicht hereinlassen?“

„Doch, natürlich“, sagt Onkel Jeff. „Komm rein, Frankie. Ich nehme dir das ab.“ Und er schnappt sich das geheimnisvolle tuchbedeckte Paket, als hätte er darauf gewartet.

Frankie nimmt ihre Tasche und wir gehen alle zusammen ins Wohnzimmer. Aber ich bin nicht richtig froh, sie zu sehen, denn sie ist entweder auf dem Weg von oder zu ihrer besonderen neuen Freundin. Und ich weiß nicht, ob ich mich wie ihre beste Freundin benehmen soll oder wie ihre beste Freundin, die gerade verlassen wurde.

Doch Frankie interessiert sich gar nicht für mich, sie plappert wie ein Wellensittich mit Lissi. „Also“, kichert sie, als Onkel Jeff das große Paket auf den Tisch stellt. „Hier kommen deine neuen Haustiere, Lissi!“ Und wie eine Zauberassistentin zieht sie das Tuch weg, und zum Vorschein kommen magischerweise ... Gemma und Gemella!

Lissi und ich sind sprachlos. Onkel Jeff hat den Hamstertausch doch eigentlich nicht erlaubt, aber nun sitzt er hier zufrieden wie ein Räucherhering. Ganz im Gegensatz zu mir. Meine Knie werden zu Gummi, als ich die schuppigen Hamsterfüße sehe, und ich weiche zurück, während Frankie sich über den Käfig beugt und sagt: „Gemma und Gemella, ich möchte euch eure gigantastische neue Besitzerin vorstellen ... Lissi Pfeifer!“

„Sind sie wirklich für mich?“, ruft Lissi.

„Wirklich“, lacht Frankie.

Lissi sieht ihren Vater an, um ganz sicher zu sein, und Onkel Jeff nickt und grinst. Lissi klatscht in die Hände, und einer der Hamster quetscht sich in eine Röhre, die von der oberen Käfigebene bis ganz runter zum Nest geht.

Lissi sieht fasziniert zu, als der Hamster wie eine Kanonenkugel die Röhre runtersaust. „Das ist Gemella“, kichert Frankie. „Sie ist die mit den schwarzen Ohren.“

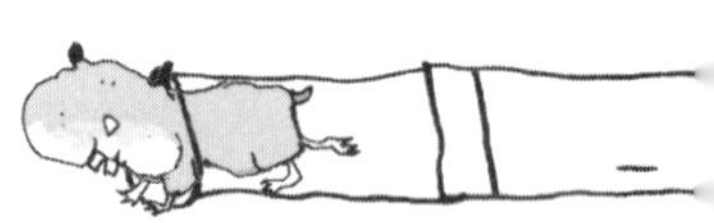

Lissi quietscht: „Ich liebe schwarze Ohren!“, und dreht eine halbe Pirouette, aber Onkel Jeff sagt: „Also, Polka-Lissi, willst du ihnen nicht dein Zimmer zeigen?“

„Okay“, schnieft Lissi. „Aber es ist nicht mehr viel Platz, jetzt wo ich ein neues Bett habe.“ Trotzdem geht sie in ihr Zimmer und Frankie folgt ihr mit dem Käfig, während ich so weit wie möglich zurückbleibe. Mein Mund ist schon wieder ganz trocken, und ich muss mich sehr, sehr konzentrieren, um nicht dauernd auf die schuppigen Hamsterfüße zu starren. Stattdessen versuche ich den richtigen Moment abzupassen, um Frankie zu fragen, warum sie mir nicht gesagt hat, dass sie heute zu Lissi kommt, und warum sie mich nicht angerufen hat und, am allerwichtigsten, wer ihre neue Freundin ist. Aber da höre ich Onkel Jeff sagen: „Hey, ich will sie nicht in MEINEM Zimmer haben! Es sind deine Tiere, nicht meine.“

„Aber das ist doch mein Zimmer“, sagt Lissi verwirrt.

„Nein, ist es nicht“, lacht Onkel Jeff. „Das ist mein Zimmer. Mir haben Fußballgardinen schon immer gefallen, und seit wann bist du ein CHELSEA-Fan?“ Und er blinzelt ganz komisch und Frankie kichert, und ich bin froh, dass Violetta nicht hier ist, denn sie würde garantiert denken, wir wären komplett verrückt, und würde Frankie nie mehr erlauben, mich zu besuchen.

„Oh“, schnieft Lissi. „Und wo sollen die Hamster und ich schlafen?“

„Hier natürlich“, grinst Onkel Jeff und zeigt auf sein altes Zimmer.

Vorsichtig öffnet Lissi die Tür und Frankie und ich folgen ihr. Und als wären Lissis Träume wahr geworden, ist dort das **rosa**farbenste Feenzimmer, das ich je gesehen habe!

Es hat **rosa** Wände und einen **rosa** Teppichboden mit einem wuscheligen Bettvorleger und zwei **rosa**-farbene Kissen mit Feenflügeln und eine Feenbettdecke und ein Feenkopfkissen auf einem Feenbett und ...

„Wow!", quietscht Lissi. „Ist das alles für mich?"

„Und für Gemma und Gemella", lächelt Onkel Jeff. „Ihr Platz ist hier!" Er zeigt auf einen Tisch und ein Schild, das darüberhängt. Darauf steht:

Gemma und Gemella.
Palast in der Arthurstraße.

Über dem Schild hängt ein Feenbild. Die Fee hat einen leuchtenden Zauberstab, der mit Glitzerstaub bedeckt ist, und das Bild ist verdächtigerweise signiert mit *Elisabeth Pfeifer*! Ich hatte keine Ahnung, dass Mum ein Bild für Lissi gemalt hat. Dann fällt mir wieder ein, wie sie letzte Nacht mit ihrer Malschürze hereingekommen ist und ich gedacht habe, sie malt einen Tiger für Nick!

Onkel Jeff stellt die Hamster auf ihren neuen Platz und fragt: „Na, Polka-Lissi, wie findest du es?"

„Es **glitzert** so!", quietscht Lissi und macht vor dem Hamsterkäfig einen Spagat.

Ich bin fast sprachlos, aber ich stammele: „ALSO DAS HAST DU GEMACHT, ONKEL JEFF! DU HAST LISSIS ZIMMER EINGERICHTET!"

„Ja, in den letzten zehn Tagen“, lacht Onkel Jeff. „Und ich will NIE WIEDER lange arbeiten!“ Und er fügt hinzu: „Hast du dein Geschenk schon gefunden, Lissi? Es ist unter dem Bett versteckt.“

„Noch ein Geschenk?“, ruft Lissi begeistert. „Das ist schon das vierte heute! Mein Zahn, die Hamster, mein Zimmer und ...“

„Fantastico!“, strahlt Frankie. „So viele Überraschungen! Und du hast nichts von alldem geahnt?“

„Nein“, kichert Lissi und kriecht unter ihr Feenbett.

„Aber du hast etwas geahnt, oder nicht?“, flüstere ich Frankie zu. „Du siehst nämlich nicht besonders überrascht aus.“

Doch Frankie hört mir nicht zu, denn Lissi ist unter dem Bett hervorgekommen, und in der Hand hält sie das hübscheste, **rosa**farbenste Geschenk, das ich JEMALS gesehen habe. Das Geschenkpapier hat die Farbe von Zuckerwatte und es ist mit einem silbernen, glitzernden, kringeligen Band verschnürt.

„Mach es auf!“, quieken Frankie, ich und die Hamster.

„Und ich habe noch nicht mal Geburtstag“, seufzt Lissi, als sie das Papier auseinanderfaltet. Wir beugen uns über ihre Schulter, und da, zwischen dem **rosa** Papier und den glänzenden Bändern, liegt ein glitzerndes Kostüm.

„Ein Feenkostüm!“, ruft Lissi begeistert.

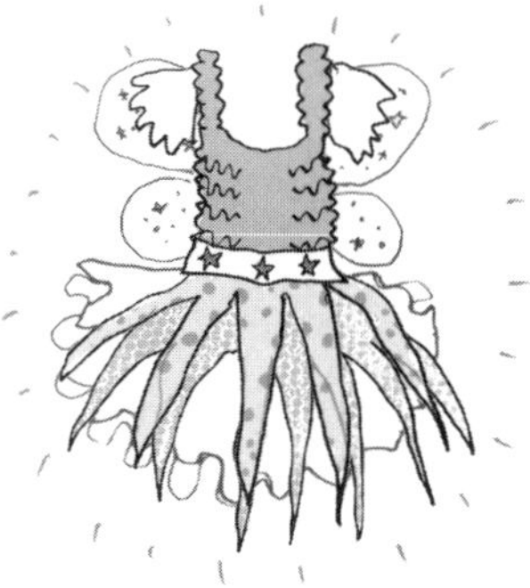

„Ein französisches Feenkostüm“, grinst Onkel Jeff. „Es ist per Eilboten direkt aus Frankreich gekommen.“

An dem Kostüm hängt eine winzige Karte. Darauf steht:

Liebe Polka-Lissi-Fee, ich hoffe, dein Geschenk gefällt dir. Ich denke immer und immer und immer an dich. Wenn du in dem Feenkleid für mich tanzt, wird Dad ein Foto machen. Ich werde es neben meinem Bett aufstellen, dann kann ich dich jeden Abend sehen.
Viele liebe Grüße und Küsse, Mum
xxxxxxxxxxxx

„Es ist von Mum!“, schreit Lissi überwältigt vor Freude und schwindelig vom Pirouettendrehen. Sie zieht ihr Kostüm an und Onkel Jeff holt die Kamera, und dann tanzt Lissi und ruft „DANKE, MUM!“, als ob ihre Stimme bis nach Frankreich zu hören wäre. Onkel Jeff sagt: „Da ist noch mehr drin, Lissi. Mum hat dir französisches Essen geschickt, für deine erste Pyjama-Party.“

„Hoffentlich keine Schnecken!“, sagt Lissi besorgt.

„Nein!“, lacht Onkel Jeff. „Leckere Sachen wie Bonbons und Schokolade, sodass ihr ein schokoladiges Mitternachtsfest feiern könnt.“

Aber die Schokolade reicht nicht mal eine Stunde, ganz bestimmt nicht bis Mitternacht. Immerhin reicht sie so lange, bis Lissi ihrer Mutter ein Gedicht geschrieben hat.

Liebe Mum,
ich hab ein pinkes Feenzimmer
und ich liebe dich für immer.
xxxxxx Lissi xxxxxxx

Das Gedicht ist ziemlich gut für eine fünfjährige Klette, nur leider hat sie vergessen, das Feenkostüm zu erwähnen.

„Ach ja“, schnieft Lissi, als ich es ihr sage.
„Das habe ich ganz vergessen.“
Sie schreibt unter das Gedicht:

„Mein Feenkostüm ist so toll ich habe es gerade an und werde es für immer anbehalten und ich stelle deine Karte neben mein neues Bett und mein Zahn ist rausgefallen und ich habe Hamster die Gemma und Gemella heißen.“

Als sie fertig ist, zappelt sie aufgeregt in ihrem neuen Bett herum, während Frankie und ich versuchen, es uns auf dem Boden gemütlich zu machen. Ich bin nervös, weil ich mit den Hamstern in einem Zimmer schlafen muss, aber es ist dann doch nicht so schlimm. Denn Frankie hat sich typischerweise eine besonders günstige Schlafposition gesucht, nämlich neben ihren Hamstern und so, dass sie auch Lissi sehen kann. Ich bin zwischen Frankie und der Wand eingequetscht, aber das passt mir ganz gut, denn ich möchte weder die Hamster noch Lissi sehen.

Ich höre Frankie zu, wie sie mit Lissi redet, und überlege, ob sie einfach nur nett zu ihr sein will, denn schließlich ist sie die Gastgeberin, oder ob es eine Entschuldigung ist, damit sie nicht mit mir sprechen muss. Ich versuche mir keine Sorgen zu machen, aber ich habe zu große Angst, Frankie als meine Freundin zu verlieren, und als wir „Ich sehe was, was du nicht siehst" spielen, mache ich alles falsch. Doch nach einer Weile werden Frankie und Lissi müde, und Onkel Jeff sagt, dass es langsam Zeit ist zu schlafen.

„Vergiss deinen Zahn nicht, Polka-Lissi."

„Und mein Gedicht", schnieft Lissi. „Minnie hat es für die Zahnfee geschrieben."

„Das hast du mir gar nicht erzählt“, flüstert Frankie.

„Konnte ich nicht, weil du nicht zu Hause warst“, flüstere ich zurück. „Du warst mit deiner neuen besten Freundin beschäftigt!“

„Aber ...“

„Wunderbar“, sagt Onkel Jeff. „Die Zahnfee bekommt eine Überraschung!“

Ganz vorsichtig, als wäre er aus Glas, legt Lissi ihren Zahn auf das Blatt mit dem Gedicht. Beides kommt unter ihr Feenkopfkissen. Dann schläft sie sofort ein.

Ich zähle bis hundert, und als ich sicher bin, dass Lissi wirklich schläft, fasse ich mir ein Herz, denn ich muss unbedingt mit Frankie reden. Ich will wissen, ob wir immer noch befreundet sind und wer ihre neue Freundin ist.

Mein Magen schlägt Saltos und ich kann nicht eine Sekunde länger warten, deshalb singe ich die ersten zwei Zeilen von „Alle meine Entchen“ rückwärts und flüstere dann: „Frankie, du wolltest mich doch heute anrufen. Ich habe dich angerufen, aber Nero war dran und hat gesagt, dass du bei deiner neuen Freundin bist. Es ist doch nicht Superhirn Jenny, oder? Sie ist so eine schreckliche Streberin.“

Aber Frankie hört mich nicht. Sie liegt in ihrem dunkelgrünen Schlafsack, schnarcht und ist nicht zu sprechen.

„Na toll", murmele ich. „Jetzt weiß ich immer noch nicht, ob wir noch Freundinnen sind."

„Alles klar, Mädels?", flüstert Onkel Jeff und steckt den Kopf durch die Tür. Ich tue so, als würde ich schlafen, und er macht das Licht aus und verschwindet. Ich liege da und vermisse Wanda. Ich bin ganz allein mit meinen traurigen Gedanken – vielleicht fühlten sich die Kinder im Krieg so, wenn sie aufs Land evakuiert wurden. Ich habe meine beste Freundin verloren, und ich wünsche mir nichts mehr, als in meinem Floßbett zu liegen, mit der blöden Delfinbettwäsche und dem knubbeligen Kissen.

Samstagmorgen

Trixibella und Schleifenkekse

Frankie und ich wachen auf, weil Lissi vor Aufregung außer sich ist und schreit: „Sie war da, sie war da! Die Zahnfee war da! Und stellt euch vor ... sie hat ein Pfund gebracht, nicht bloß 50 Pence! Oma hatte recht, Minnie, Feen lieben Gedichte. Besonders die Feen in der Arthurstraße. Und sie hat sogar selbst ein Gedicht geschrieben, für MICH!“

„Gigantastisch“, gähnt Frankie. „Wie geht das Gedicht, Lissi?“

„Ich weiß nicht. Sie hat eine feenkleine Schrift und manche Wörter sind ziemlich lang.“

„Ich lese es dir vor“, sage ich, reibe mir die Augen und versuche mich gut zu konzentrieren. Lissi gibt mir ein **rosa** Blatt Papier und darauf steht in winziger Silberschrift das Feengedicht.

Liebe Polka-Lissi-Fee!

Ich wär gern eine Tänzerin, das ist
mein großer Traum.

Doch leider bin ich nicht so gut, denn ich hab keinen Raum, in dem ich auch mal üben kann.

Und deshalb möchte ich wissen:
Kann ich in deinem Zimmer tanzen
auf dem Feenkissen?
Dein Zimmer ist so wunderschön, rosa wie Himbeerkuchen, da komm ich gerne angeflogen, um dich zu besuchen.
Ich lerne von dir Tanzen, das wäre doch sehr nett, dann tanzen wir zusammen das schönste Feenballett.

Ich sende dir viele Grüße und etwas Feenstaub,
die Fee Trixibella
xxxxxxxxxxxx

„**Wahnsinn**!“, seufzen Lissi und Frankie und ich, und ich gebe Lissi den Brief zurück. Onkel Jeff kommt herein, um zu sehen, warum wir so laut sind. Er lacht und sagt: „War die Fee da, Polka-Lissi?“

„Ja!“, quietscht Lissi. „Sie hat mir ein Pfund gebracht – und ein Feengedicht!“

„Meine Güte! Und das alles für eine Polka-Lissi-Fee! Ich glaube, du brauchst dringend Frühstück, um dich zu beruhigen. Was hättest du gern – Marmelade mit Toast oder Toast mit Marmelade?“

„Toast mit Marmelade!“, quietscht Lissi. „Ich mache das Frühstück!“

„Alles klar, aber wir wollen keine Feenportionen!“

Doch Lissi hört ihm nicht mehr zu, sie rennt in ihrem Feenkostüm zum Toaster, das Feengedicht fest in der Hand.

„Bin ich froh, dass wir das geschafft haben“, sagt Onkel Jeff, als wir alle in der Küche sitzen und Toast essen. „Es ist ganz schön schwierig, ein Geheimnis zu bewahren. Es kommt mir so vor, als hätten wir es seit Ewigkeiten geplant ... ich und Onkel Mark, der das Bett gemacht hat, und Tante Elisabeth, die die Gardinen gemacht hat, und ...“

„Mum und Dad?“, frage ich.

Aber Onkel Jeff hört nicht zu. „... UND“, grinst er Lissi an, „deine Mutter hat mich jeden Abend angerufen, um mir zu sagen, wie ich das Zimmer einrichten soll.“

„Mum hat dir gesagt, wo du alles hinstellen sollst?“

„Du weißt doch, dass deine Mum immer alles bestimmen will! Sogar wenn sie in Frankreich ist.“ Er lacht. „Du solltest sie anrufen und ihr alles erzählen.“

„*Oui!*“, ruft Lissi. „Ich rufe sie jetzt sofort an!“

„Noch nicht gleich, erst mal müssen wir die Kaninchen zu Frankie bringen.“

„Oh“, schnieft Lissi.

„Ist das in Ordnung?“, fragt Onkel Jeff besorgt.

„Wirst du sie auch streicheln, Frankie?“

„Na klar werde ich sie streicheln“, versichert Frankie. „Ganz oft.“

„Dann ist es okay“, schnieft Lissi.

☆ ☆ ☆

Ich versuche immer noch verzweifelt, mit Frankie zu reden, aber es ist einfach zu viel los. Während Onkel Jeff die Kaninchen holt, ziehen Frankie und ich uns an. Lissi behält ihr Feenkostüm an und sagt, sie würde es niemals wieder ausziehen. Frankie packt die rote Tasche mit den lila Herzchen und sagt: „Dein T-Shirt passt perfekt zu meiner Tasche, Minnie.“

„Du kannst es dir mal ausleihen, wenn du das möchtest“, murmele ich. „Ausnahmsweise hat es die richtige Größe.“

„Danke", kichert Frankie. „Aber vielleicht wäre es besser, wenn ich dir die Tasche gebe. Du kannst nicht ewig mit einer Minelli's-Tüte rumlaufen."

Und sie packt auf der Stelle ihre Sachen aus und wirft mir die Tasche zu. Ich kann es kaum glauben, dass ich mich von der Bioladen-Tüte über eine Minelli's-Tüte zur schönsten Tasche des Universums gesteigert habe! Es sieht tatsächlich so aus, als wäre sie noch meine Freundin, und ich wünschte, ich könnte sie fragen. Doch leider ist Lissi im Weg.

☆ ☆ ☆

Frankie wohnt nicht in der Arthurstraße. Die Minellis wohnen auch nicht in einer Wohnung, sondern in dem GRÖSSTEN Haus, das ich je gesehen habe. Als wir ankommen, erwarten sie uns schon.

„Hallo Stinkbombe!“, quiekt Frankie und quetscht sich an Nero vorbei in die Küche.

Fabio hat italienische Kekse gebacken. Sie sind wie Schleifen geformt und mit Puderzucker bestäubt. Fabio behauptet, es wäre Feenstaub, extra für Feen wie „*Bella Lissi*“. Zu trinken gibt es frisch gepressten Orangensaft in hohen Gläsern mit gewundenen Strohhalmen. Onkel Jeff bekommt einen Kaffee in einer winzigen Tasse. Er hat ihn mit einem Schluck ausgetrunken und Fabio muss ihm noch einen machen.

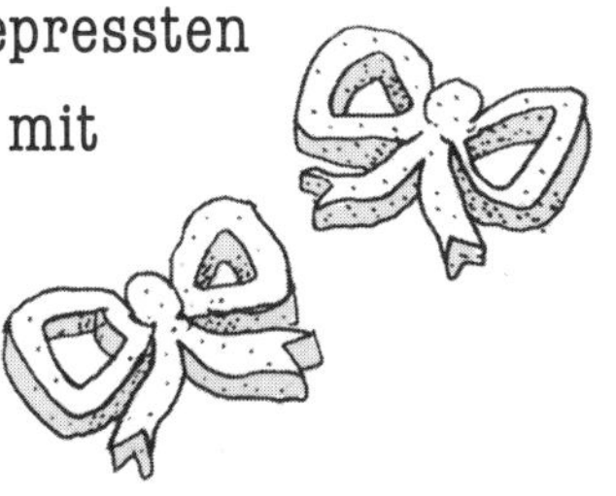

„*Morsicano*?“, fragt Violetta besorgt, als Flopsi und Mopsi an ihren Zehen schnuppern.

„Nein, natürlich beißen sie nicht“, lacht Frankie. „Sie sind süß.“

„Süß“, wiederhole ich und sehe Nero an.

Plötzlich macht der traumhafte Nero den Mund auf. „Willst du den neuen Stall von Flopsy und Mopsy sehen, Lissi? Minnies Vater hat ihn gebaut.“

„Ehrlich?“, frage ich, plötzlich aus dem Traum erwacht. Aber niemand achtet auf mich, denn alle folgen Nero nach draußen. Und da, in Frankies Garten, mitten im Gras, steht der schönste, **tollste** Kaninchenstall der Welt! Er sieht ein bisschen aus wie ein Palast.

„Er ist noch nicht fertig“, grinst Nero, verschwindet

in der Garage und kommt mit einem Kaninchenauslauf wieder.

„Nero ist so stark!“, flüstere ich aus Versehen Frankie zu, als ihr Bruder den Auslauf vor den Stall stellt.

„Er riecht stark, meinst du wohl“, sagt Frankie.

Ich lache, damit sie nicht merkt, was ich eigentlich denke, und wechsle schnell das Thema. „Hat das wirklich mein Dad gebaut?“

„Natürlich“, sagt Frankie. „Er ist fantastico schlau. Und lustig!“

„SOLL DAS EIN WITZ SEIN? Mein Dad ist ganz sicher nicht schlau. Und auch nicht lustig.“

„Ich finde schon, dass er lustig ist“, mischt sich Nero ein.

„Na ja, vielleicht manchmal“, sage ich und *werde rot*. Und dann würde ich am liebsten meine Worte wieder verschlucken und werde nervös. Schnell beschäftige ich mich mit Flopsi und Mopsi, die glücklich in ihrem neuen Palast herumhüpfen.

„Jetzt muss ich Lissi in ihr Feenzimmer zurückbringen“, grinst Onkel Jeff schließlich.

„Schon?“, seufzt Lissi.

„Du möchtest doch nicht, dass die Hamster sich einsam fühlen, oder?“, sagt Frankie.

„Warte ...“, sagt Fabio. „Ich gebe dir ein paar Schleifenkekse mit. Du musst sie essen, während du mit Gemma und Gemella sprichst. Sie lieben den Geruch von Schleifenkeksen sehr, deshalb muss ich dir jetzt jede Woche welche backen.“

„Danke!“, strahlt Lissi und macht als besonderes Dankeschön einen Spagat. Alle klatschen, auch Nero.

Ich folge Onkel Jeff zum Auto und überlege, ob ich Frankie nun zum letzten Mal verlasse, denn da sie eine neue Freundin hat, werde ich vielleicht nicht mehr herkommen. Da sagt sie: „Du kannst hierbleiben, wenn du möchtest, Minnie. Ich habe deine Eltern schon gefragt und es ist in Ordnung. Also ... nur wenn du magst.“

„Aber was ist mit deiner neuen Freundin?“

„Welche neue Fr...?“, sagt Frankie, wird aber von Onkel Jeff unterbrochen. „Also wenn du hierbleibst, Minnie, möchte ich euch beiden noch danken. Ohne euch hätte ich das nicht geschafft.“

„Aber ich habe doch gar nichts gemacht!“

Doch Onkel Jeff hört mich nicht. Er und Lissi winken uns zum Abschied, und einen Augenblick später sind sie verschwunden.

Samstag bei Frankie

Große Geständnisse

„ABER ICH HABE GANZ BESTIMMT UND SICHER NICHTS GEMACHT! Und anscheinend war ich die Einzige außer Lissi, die nichts von allem wusste."

„Stimmt", lacht Frankie, als wir uns zehn Sekunden später in ihrem Orangenkeks-Zimmer auf zwei Sitzsäcken lümmeln. „Aber DU musstest die gigantastische Cousine spielen ... und ich war die fiese Hexe, die kein Wort sagen durfte."

„Also hast du WIRKLICH alles gewusst!"

„Ja, aber ..."

„Hattest du einen Knoten in der Zunge oder warum hast du mir nichts gesagt?"

„Ich musste schwören, es niemandem zu verraten", flüstert Frankie. „Aber ich habe dir Hinweise gegeben."

„Versteckte Hinweise?"

„Den Hinweis, dass Milchfahrer nicht spät arbeiten, zum Beispiel ... und meine Zeichnung von einem rosa Feenkaninchen ... und ich habe gesagt, dass Lissi im Feenland ist ... und ich vielleicht auch!"

„Aber Frankie, warum hast du mir nicht einfach alles verraten?“

„Konnte ich nicht“, seufzt Frankie. „Mum und Dad waren wirklich streng und haben gesagt, ich dürfte dich sonst nicht sehen. Ich musste schwören, dass ich kein Sterbenswörtchen verrate, sonst hätte ich einen Monat Hausarrest bekommen.“

„Aber woher wusste dein Dad denn von der ganzen Sache?“

„Am Donnerstagabend, als ich bei dir war, habe ich ihn am Telefon gefragt, ob ich meine Hamster mit Lissi tauschen könnte. Er hat gleich mit deiner Mutter gesprochen, und sie fand es auch eine gute Idee, da Lissis Wohnung nicht für Kaninchen geeignet ist. Darüber haben sie alle miteinander geredet, als wir am Donnerstag reinkamen.“

„Und deshalb waren sie plötzlich alle still. Aber Onkel Jeff hat zu dem Hamstertausch Nein gesagt!“

„Ich weiß“, seufzt Frankie. „Er fand die Idee auch gut, aber er wollte eine Überraschung daraus machen. Er hat nur Nein gesagt, um Lissi auf die falsche Fährte zu locken.“

„Und mich auch!“

„Tut mir leid“, seufzt Frankie.

So langsam ergibt alles einen Sinn – das Blinzeln und dass Mum und Dad wussten, dass ich bei Lissi schlafen würde und ...

„Also war alles geplant! Onkel Jeff hat mich ausgetrickst!"

„Was ist los?", fragt Fabio und guckt um die Ecke.

„Nichts", kichere ich.

„Fantastico", sagt Fabio. „Es gibt nämlich gleich Essen."

☆ ☆ ☆

Fabio serviert uns ein leckeres Festmahl, gefolgt von einem extragroßen Stück seines himmlischen Schokoladenkuchens.

„Er kann wirklich gut kochen", lacht Frankie, als wir in ihr Zimmer zurückgehen. „Aber er ist hoffnungslos unfähig, wenn es darum geht, Geheimnisse zu bewahren. Er sollte mir nichts von Lissis Zimmer sagen, aber er ist SO hoffnungslos, dass er mir schon auf dem Rückweg im Auto alles verraten hatte. Mum hat gesagt, wenn ich es dir sagen würde und du würdest es Lissi verraten, müsste ich die Hamster bis in alle Ewigkeit behalten. UND ICH WOLLTE SIE UNBEDINGT GEGEN DIE KANINCHEN TAUSCHEN! Sie wuseln die ganze Nacht herum ... und ich weiß, dass du ihre schuppigen Füße nicht magst und nervös wirst, wenn du in meinem Zimmer bist. Und ich dachte, wenn Lissi die Hamster hat, wirst du in IHREM Zimmer nervös und willst mehr Zeit in meinem verbringen."

Ich bin schockiert. „D-du hast das alles für mich gemacht?"

„Natürlich", grinst Frankie. „Du bist meine *aller-beste* Freundin. Meine EINZIGE allerbeste Freundin."

„Deine einzige beste Freundin? Aber du hast doch eine neue Freundin. Sag nicht, dass das nicht stimmt, denn ich habe wasserdichte Beweise."

„Welche wasserdichten Beweise?"

„Nero Minelli."

„Den Vollidioten?", quiekt Frankie. „Wann hast du denn mit dem geredet?"

„Gestern Abend, als ich DICH anrufen wollte. Aber du warst zu beschäftigt mit deiner neuen besten Freundin und hast vergessen, mich anzurufen."

„Spatzenhirn!", ruft Frankie. „Ich war auf dem Weg zu Lissi! Deine Cousine, die Klette, ist meine neue Freundin. Natürlich nicht wirklich, aber ich musste so tun, weil ich unbedingt die Hamster loswerden wollte."

„Lissi ist deine neue Freundin? Nicht Superhirn Jenny?"

„Jenny?", lacht Frankie. „Machst du Witze? Es war schon SO langweilig, die Freundin einer Klette zu sein!"

Für den Rest des Nachmittags spielen wir Twister und wirbeln auf einer Tanzmatte herum, und Frankie sagt, ich kann bei ihr übernachten, als Entschädigung dafür, dass sie mir Geheimnisse verschwiegen hat.

Ich bin müde vom Tanzen und weil ich schon zweimal so spät ins Bett gegangen bin und unbedingt den Code knacken wollte. ABER ich bin so glücklich, weil Frankie noch meine Freundin ist und weil ich ihre einzige allerbeste Freundin bin, dass ich auf jeden Fall bleiben muss.

Fabio serviert uns eine raumschiffgroße Pizza mit allem drauf, was man sich nur vorstellen kann.

Und nach vier Portionen Erdbeereis, besprenkelt mit Schokoladensoße, legen wir uns schließlich ins Bett (Frankies Bett ist eine riesige aufblasbare Matratze mit zwei gepunkteten Decken).

„Tja", kichert Frankie, „wir könnten jetzt untertauchen und versuchen, den Code zu lösen. Ich weiß, wie gerne du Jenny schlagen willst."

„Danke“, antworte ich, „aber ich bin so müde, dass ich kaum noch zwei und zwei zusammenzählen kann. Aber sag mal ... wie lange weißt du schon von meinem Geheimnis, dass ich keine schuppigen Dinge und kleine **rosa** Füße mag?“

„Hm“, sagt Frankie. „Vom ersten Schultag an, als Theo dich mit einem dicken fetten Wurm gejagt hat. Außerdem gehst du nie in den Streichelzoo in der Schule, aber du magst Katzen und Hunde und Kaninchen, und der einzige Unterschied zwischen ihnen und Hamstern ist, dass sie keine **rosa** Füße haben.“

„Oh“, flüstere ich. „Ich hatte keine Ahnung, dass du das weißt. Hast du deshalb gestern neben den Hamstern geschlafen?“

„Ich dachte, du schläfst nicht eine Minute, wenn ich nicht zwischen dir und den Hamstern liege ...“

„Danke“, seufze ich. „Und weißt du, was? WIR WURDEN VON EINER KLETTE GERETTET!“

Und wir müssen beide lachen, als wir uns vorstellen, wie Lissi in ihrem neuen Feenzimmer im Bett liegt, neben sich ihre rosafüßigen Freunde.

„Sie ist eigentlich gar nicht so übel“, seufzt Frankie.

„Nicht so übel wie Knoblauchschnecken, aber auch nicht so gut wie Schlafen! Nacht, Frankie. Freundinnen für immer?“

„Klar!“, kichert Frankie. „Für immer und ewig!“

Sonntag

Kressesuppe und Dad, das Genie

„Und?“, sagt Mum, als ich nach Hause komme.

„Was und?“, frage ich. (Ich weiß genau, was sie meint, aber sie ist nicht die Einzige, die ein Geheimnis bewahren kann.)

„Wie hat Lissi denn ihre kleine Überraschung gefallen?“

„KLEIN?“, sage ich. „Das war die **größte** Überraschung des Universums!“

„Ja, ich weiß“, lacht Mum. Und sie zwinkert Dad zu, der mit Nick im Arm auf dem Boden sitzt.

„Damit könnt ihr jetzt aufhören“, erkläre ich. „Die Überraschungen sind vorbei. Und ihr hättet es mir wirklich sagen können. Ich kann ein Geheimnis für mich behalten.“

„Tut uns leid“, sagt Mum. „Aber jemand musste Lissi ablenken ... und alle waren sich einig, dass du perfekt dafür geeignet bist. Wir haben dir nichts gesagt, weil du dich ganz normal benehmen solltest, damit Lissi keinerlei Verdacht schöpft. Es war ziemlich kompliziert, alles heimlich zu organisieren, aber wir dachten, weil du so eine gute Detektivin bist, benutzen wir dich als eine Art Verdachtstester.“

„Ein Verdachtometer", kichert Dad. „Wir dachten, wenn DU keinen Verdacht schöpfst, brauchen wir uns wegen Lissi keine Sorgen machen."

„Ein Verdachtometer! Aber ich HABE Verdacht geschöpft! Ich habe jede Menge Verdacht geschöpft!"

„Ja, ich weiß", seufzt Dad. „Oma hat sich das schon vorher gedacht. Übrigens, Oma war eben hier und hat ein Buch vorbeigebracht, das dich interessieren könnte. Ich hab es auf dein Bett gelegt."

„Bett!", gluckst Nick. Ich umarme ihn.

„Hier hat jemand Hunger", grinst Dad.

„Also ich nicht", sage ich. „Ich habe bei Frankie so viel gegessen, dass ich platze."

„Du Glückliche", flüstert Dad, als Mum in die Küche gegangen ist. „Nick und ich müssen die eklige Kressesuppe essen. Sie sieht aus, als wäre sie in einem Hexenkessel gebraut worden."

„Das habe ich gehört!", ruft Mum aus der Küche.

„Das liegt an den Hexenohren", lacht Dad laut. „Wenn ich du wäre, würde ich sofort die Flucht ergreifen, Minnie."

Auf meinem Bett liegt das Buch von Oma und ein kleines Geschenk. Daneben ist ein Zettel: „Geschenk von Tante Valerie, Codebuch von mir. Lies Seite 10 gründlich!“

Ich setze mich auf den Boden und packe das Geschenk

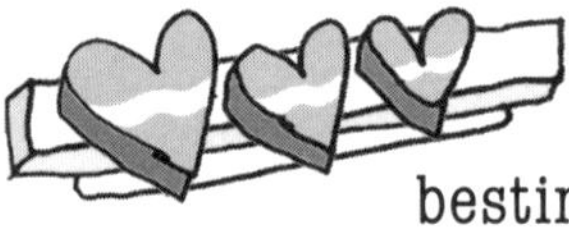

aus. Es ist eine Haarspange mit drei roten Herzen nebeneinander. Frankie wird bestimmt neidisch sein, aber sie darf die Spange mal ausleihen. Ich stecke sie mir ins Haar und lege mich aufs Bett, um Omas Buch zu lesen. Es handelt von Satzzeichen an den falschen Stellen, genau wie in Mr Impeys Botschaft. Es stehen immer Beispiele da, und dann soll man es selber ausprobieren.

Ich lese mir durch, wie es geht, dann schreibe ich eine Nachricht an Frankie. Ich befolge die Regeln, und nach einigem Kopfzerbrechen schreibe ich folgende Botschaft auf:

FAKEI HET,R XELI TM!R NI,
CW TETI BLASOA

Und siehe da, die Satzzeichen stehen alle an den falschen Stellen! So weit, so gut. Nun muss man die Buchstaben und Satzzeichen zählen und die eine Hälfte der Nachricht in eine Reihe schreiben, die andere Hälfte darunter. Das sieht so aus:

FAKEIHET,RXELITM!
RNI,CWTETIBLASOA

Und wenn man dann die Buchstaben diagonal verbindet ...

F A K E
R N I

... kann man die Botschaft lesen:

FRANKIE, ICH WETTE,
TRIXIBELLA
IST OMA!

Und nun ergeben auch die merkwürdigen Satzzeichen einen Sinn!

Ich versuche das Ganze auf Mr Impeys Botschaft anzuwenden, aber nachdem ich mir eine Stunde lang den Kopf zerbrochen habe, bekomme ich bloß ...

Jmrrtnurömofvrjtrzmshgör+övöloerihmzdrvoj
m.reuretrfoiysüigvijmnfoyd,z+-mfuirn-ojd
pzöddvojröfsoiti-mdfojrsoddzzffrrmovm
phfrrjhrrol,msshvrlmzz-rsmiygüftrrtoidj-t

... heraus!

Ich mache eine Pause und öffne die Zimmertür, und da sitzt Nick, grashüpfergrün und von Kopf bis Fuß mit Mums ekliger Kressesuppe bedeckt.

„Lieber außen als innen", kichert Dad. „Ich hätte mir meine Portion auch gerne über den Kopf gekippt!"

Ich sehe mich nach Mum um, aber sie ist einkaufen gegangen. Also setze ich mich vor den ausgeschalteten Fernseher. Dad setzt sich neben mich und sagt: „Ich geb dir einen Penny, wenn du mir verrätst, was du gerade denkst."

„10 Pence, dann kommen wir ins Geschäft."

„Du bekommst 20, aber dann musst du Nick anziehen. Und wickeln!"

„Nie im Leben!"

Dad gibt auf und geht Nick umziehen. Als er zurückkommt, träume ich noch immer vor dem Fernseher. Dad setzt sich an seinen Schreibtisch mit Nick, der auf seinen Knien rumhüpft. Dann schaltet er den Computer an, um einen Brief zu schreiben, was keine gute Idee ist, denn Dads Finger sind nicht zum Tippen gemacht. Normalerweise erledigt das immer Mum für ihn. Ich sehe meine Chance. „Ich tippe es für dich, wenn du mir 50 Pence gibst."

„In Ordnung", nickt Dad und gibt mir einen handgeschriebenen Brief zum Abtippen. „Danke, Minnie. Ich hasse Tippen. Ich erwische immer die falschen Buchstaben. Meine Hände sind einfach zu groß für diese winzigen Tasten. Ich habe schon so oft versucht, mich heranzuTASTEN, aber es geht immer schief."

Tasten ... Tasten ... Ich bin mit meinen Gedanken immer noch bei dem Code, und plötzlich fällt mir etwas ein, was Mr Impey gesagt hat: „Ihr müsst euch an die Lösung herantasten!" Herantasten ... Tasten ... und plötzlich ...

„Dad!“, rufe ich. „Ich glaube, du hast ihn geknackt! Du hast den Schlüssel gefunden, mit dem ich den Code knacken kann!“

„Ehrlich?“, fragt Dad. „Ich habe gar nichts gespürt.“

Und ausnahmsweise muss ich über seinen schlechten Witz lachen. Ich kichere: „Dad, du bist ein Genie! Ein codeknackendes Genie! Mum hatte recht ... ich sollte dich nicht unterschätzen. Du bist wirklich superhirnmäßig schlau!“

„Minnie Pfeifer, hast du eben gesagt, dein Dad ist schlau?“, fragt Mum, die gerade mit den Einkäufen hereinkommt.

„Absolut“, quietsche ich. „Ganz unglaublich schlau. Er hat gerade den CODE geknackt!“

„Hat er das?“, lacht Mum. „Und, wie lautet die Botschaft?“

„Das werde ich gleich herausfinden. Aber zuerst muss ich Dads Brief abtippen.“

„Keine Sorge“, sagt Dad. „Mum ist ja jetzt wieder da. Ich gebe dir trotzdem 50 Pence, wenn du den Code knacken kannst.“

„Danke, Dad! Ich bin so aufgeregt, dass ich bestimmt alles falsch schreiben würde. Meine Hände zittern richtig!“ Ich kann es kaum erwarten, mit dem Entschlüsseln anzufangen. Zuerst kopiere ich die Buchstaben und Zeichen der Tastatur in mein Delfin-Notizbuch, in drei langen Zeilen:

Dann gehe ich in mein Zimmer, verstecke mich unter der Decke, öffne mein Notizbuch und fange wie ein Rätseldetektiv an zu kritzeln.

Ich brauche dafür Ewigkeiten, aber dieses Mal weiß ich definitiv-total hundertprozentig sicher, dass es RICHTIG ist!

Ich kann nicht nur die geheime Botschaft lesen, sondern weiß auch noch, dass ich mir detektivmäßig schlau 2 Pfund verdient habe!

Ich rufe Oma an, denn ich kann es nicht erwarten, ihr meine Lösung zu erzählen. Sie sagt: „Gut gemacht, Minnie. Ich wusste, dass du so schlau wie eine Biene bist. Erzähl mir ganz genau, wie du es gemacht hast!“

Ich erkläre ihr die Sache mit der Computertastatur, und obwohl sie nichts von Computern versteht, ist sie nicht richtig überrascht. „Ach ja, das hätte ich mir eigentlich denken können“, sagt sie. „Sie hatten so etwas Ähnliches im Krieg, mein Schatz. Es hieß Enigma und hatte Tasten, und ...“

„... und wenn man einen Buchstaben angeschlagen hat, leuchtete ein anderer geheimer Buchstabe auf! Oma, du bist wirklich schlau! Mr Impey hat uns davon erzählt. Ich wollte es dir sagen, aber ich habe es vergessen.“

Oma lacht und sagt, sie würde mir einen Schokoladenkuchen backen, zur Feier des Tages.

Danach rufe ich Frankie an und sie schreit laut „Hurra!“ und sagt: „Ich wusste, dass du schlauer bist als Superhirn Jenny!“

☆ ☆ ☆

Ich gehe zu Oma zum Tee und ihr Schokoladenkuchen ist fast so himmlisch wie der von Fabio Minelli. Dann gehe ich wieder nach Hause, lege mich ins Bett und klopfe an die Wand als Signal für Wanda. Sie schleicht sich herein wie ein Geheimagent und ich tippe dreimal auf meine Bettdecke. Sie springt hoch und leckt mir das Gesicht, bevor sie sich am Fußende zusammenrollt. Ich sage: „Ich hab's geschafft, Wanda. Ich habe den Code geknackt“, und dann schlafen wir beide sofort ein.

Und ich träume ...

... dass Mr Impey wie ein Trampolinspringer auf und ab hüpft und sagt: „Minnie Pfeifer, du bist unheimlich schlau. Du hast den Code geknackt und den Preis der heimlichen Rätseldetektive gewonnen!“

Montag

Hände hoch!

Ich wache wie immer davon auf, dass Dad mir sagt, meine Rice Crispies würden gleich zu Froscheiern werden. Panisch denke ich, dass alles nur ein Traum war und ich den Code vielleicht gar nicht geknackt habe. Schnell gucke ich unter die Matratze, und da ist er ... der preiswürdige Beweis, schriftlich festgehalten in meinem Notizbuch!

So aufgeregt wie heute war ich noch nie vor einem Schultag. Ich bin so durcheinander, dass ich meinen Pullover falsch herum anziehe und nicht merke, dass die Socken überhaupt nicht zusammenpassen. Aus Versehen esse ich Dads Cornflakes und nicht meine Rice Crispies. So glücklich bin ich, dass mir sogar meine Pudelhaare egal sind, und anstatt sie so fest wie möglich zusammenzubinden, lasse ich sie offen und stecke mir nur Tante Valeries rote Haarspange ins Haar.

Wegen des ganzen Durcheinanders komme ich zu spät, denn ich habe mein Pausenbrot vergessen und muss noch einmal umkehren. Und das an dem Tag, an dem ich unbedingt pünktlich sein sollte!

„Guten Abend, Minnie", neckt mich Mr Impey, als ich schließlich in die Klasse komme. Ich will ihm unbedingt erzählen, dass ich den Code geknackt habe, aber es ist zu spät dazu, denn die Morgenversammlung fängt gleich an und alle anderen sind schon in der Halle. Ich muss mich mit Mr Impey hereinschleichen und mit ihm ganz hinten stehen. Grummel-Huber faselt etwas über ordentliche Kleidung ... und sieht mich dabei an!

„Er hat mich angesehen!", flüstere ich Mr Impey zu, als die Versammlung vorbei ist und wir hinausgehen.

„Nein, hat er nicht", lacht Mr Impey. „Er hat MICH angesehen!"

Ich schaue ihn an, und in seinem grünen Trainingsanzug sieht er ein bisschen aus wie ein riesiger Grashüpfer.

„Aber ich kann Sie mir gar nicht in ordentlichen Kleidern vorstellen", sage ich zu ihm.

„Danke, Minnie", grinst er. „Ich nehme das als Kompliment."

„Mr Impey“, sagt Tiffany, „Minnie hat ihren Pullover falsch herum an.“

Alle lachen, außer Frankie, die mir gerade zuflüstert: „WO WARST DU?“

„Ich habe mein Pausenbrot vergessen.“ Wir gehen in die Klasse und setzen uns auf unsere Plätze, und Mr Impey sagt: „Also, Windpocken-Klasse, wer möchte von seinem Wochenende erzählen?“

Jennys und meine Hand schießen hoch. Ich zucke zusammen, und meine Freude lässt nach, als ich plötzlich merke, dass ich nicht die Einzige bin, die den Code geknackt hat! Superhirn Jenny hat die Botschaft ebenfalls entschlüsselt! Und Horror über Horror, Mr Impey nimmt sie zuerst dran! Ich sehe Frankie an, und Frankie hebt die Hand und ruft: „Minnie hat gigantastische Neuigkeiten, Mr Impey!“

„Das ist schön“, lächelt Mr Impey. „Sie kann es uns in ein paar Sekunden erzählen. Also Jenny, was möchtest du der Klasse sagen?“

„Aber Mr Impey!“

„Du bist gleich dran, Frankie.“

Und das war's. Trotz Frankies Bemühungen ist mein großer Moment (für den ich seit Sonntagnachmittag geübt habe) an Superhirn Jenny verloren. Ich sollte nicht NEIDISCH sein, denn Jenny hat keine allerbeste Freundin wie ich, die versucht, sie zu retten, aber ich BIN

NEIDISCH. ICH BIN TOTAL NEIDISCH, und ich halte mir die Ohren zu, damit ich nicht hören muss, was sie sagt. Doch es funktioniert nicht, und während Frankie mir die Daumen drückt (und die Arme und Knie und Augen), höre ich jedes Wort ...

„Meine Mum kriegt wieder ein Baby!“

Und das war es! Kein Code! Nichts! WAS FÜR NEUIGKEITEN SIND DAS??

Mr Impey sagt: „Das ist ja schön, Jenny.“

„Dann hat Jenny sechs Geschwister!“, verkündet Tiffany.

Ich stelle mir vor, sechs sabbernde, zappelige kleine Nicks zu haben, da flüstert Frankie mir zu: „Na los, Spatzenhirn! Jetzt kommt dein großer Moment!“

Alle sehen mir zu, als ich meinen Stuhl nehme und ihn zu der Uhr neben der Tafel trage. Und während Theo ruft: „Minnie Pfeifer ist verrückt geworden!“, angle ich stolz eine 2-Pfund-Münze von der Uhr, die glänzt, als wäre sie von Feen poliert worden!

Frankie ruft: „Bravo! Du hast es geschafft, **Pudel-Nudel**!“

Mr Impey klatscht Beifall und sagt: „Gut gemacht, Minnie! Du hast den Code geknackt! Ich dachte schon, niemand würde es schaffen. Vielleicht kannst du uns erklären, wie du es gemacht hast.“

„Okay“, grinse ich und lege die Münze auf meinen Tisch. Dann öffne ich mein Notizbuch und kopiere den Code an die Tafel:

Und darunter schreibe ich die Buchstaben der Computertastatur.

QWERTZUIOPÜ+
ASDFGHJKLÖÄ#
YXCVBNM,.-

Ich sehe Frankie an, die mich mit einem breiten Grinsen von einem Ohr zum anderen anschaut. Dann sage ich: „Der erste Hinweis war: ‚Ihr müsst euch an die Lösung herantasten. TASTEN ist das Schlüsselwort.‘ Damit wollte Mr Impey uns sagen, dass wir die Lösung mithilfe der COMPUTERTASTEN finden würden.“ Sehr ordentlich schreibe ich

TASTEN

an die Tafel.

Theo stöhnt und Jenny sieht niedergeschlagen aus und Tiffany sagt: „Das ist nicht fair, denn zu Hause sind meine Brüder immer am Computer und lassen mich nie dran!“

„Das ist wirklich nicht fair, Tiffany“, stimmt ihr Mr Impey zu. „Aber wir haben auch hier in der Schule Computer.“ Tiffany schmollt und kaut an ihren Nägeln.

Und ich erkläre weiter, obwohl ich vor Aufregung zittere: „Der zweite Hinweis war ENIGMA. Da wurden ebenfalls Codes mit einer Tastatur gemacht und man hat einen Buchstaben angeschlagen und ein anderer leuchtete auf."

„Sehr gut, Minnie", grinst Mr Impey. „Und was macht man nun mit der Tastatur?"

„Ganz einfach", strahle ich über das ganze Gesicht. „Man folgt dem dritten Hinweis, nämlich rückwärts zu denken. Manche Codes sind so aufgebaut, dass man einen Buchstaben im Alphabet zurückgehen muss. Das heißt, jedes C in der Botschaft ist eigentlich ein B und jedes B ein A. Und in unserer Botschaft geht man natürlich nicht einen Buchstaben im Alphabet, sondern einen Buchstaben auf der Computertastatur zurück!"

„Fantastico!", jubelt Frankie begeistert.

„Sehr gut!", ruft Mr Impey. Und er hüpft auf und ab, sodass er noch mehr wie ein riesiger Grashüpfer aussieht. „Das gibt zehn Murmeln für den Windpocken-Murmeltopf! Und bevor Geheimagentin Minnie uns die Antwort verrät, könntet ihr versuchen, sie selbst herauszufinden. Na los, worauf wartet ihr?"

Zehn Minuten später ...

„Minnie“, flüstert Frankie. „Ich gebe dir ein Stück von Dads himmlischem Schokoladenkuchen, wenn du mir die Antwort sagst!“

„Und ein Stück Pizza?“, verhandle ich.

„Okay.“ Ganz unauffällig, wie ein Spion im Regenmantel und mit dunkler Sonnenbrille, zwinkert sie mir zu.

Und wie eine Undercover-Rätseldetektivin schiebe ich ihr mein Notizbuch hin.

„Danke!“, flüstert Frankie. „Freundinnen für immer?“

„Für immer und ewig“, lache ich.

Herzlichen Glückwunsch,

wer du auch bist.

Du bist schlau
und hast den Code geknackt.
Auf der Uhr neben der Tafel
liegt eine Zwei-Pfund-Münze.
Hol sie dir.

Sie ist dein
Geheimagenten-Preis.